创美工厂

诱饵搜查官4

嗅觉

おんあおとり そさかん

[日]山田正纪 著
曹逸冰 译

中国友谊出版公司

图书在版编目（CIP）数据

嗅觉 /（日）山田正纪著 ；曹逸冰译. -- 北京 ：中国友谊出版公司，2016.7
（诱饵搜查官）
ISBN 978-7-5057-3560-6

Ⅰ. ①嗅… Ⅱ. ①山… ②曹… Ⅲ. ①推理小说－日本－现代 Ⅳ. ①I313.45

中国版本图书馆CIP数据核字(2015)第170257号

书名 嗅觉
著者 [日]山田正纪
译者 曹逸冰
出版 中国友谊出版公司
发行 中国友谊出版公司
经销 新华书店
印刷 北京盛兰兄弟印刷装订有限公司
规格 880×1230毫米 32开
9.25印张 185千字
版次 2016年11月第1版
印次 2016年11月第1次印刷
书号 ISBN 978-7-5057-3560-6
定价 35.00元
地址 北京市朝阳区西坝河南里17号楼
邮编 100028
电话 （010）64668676

目录

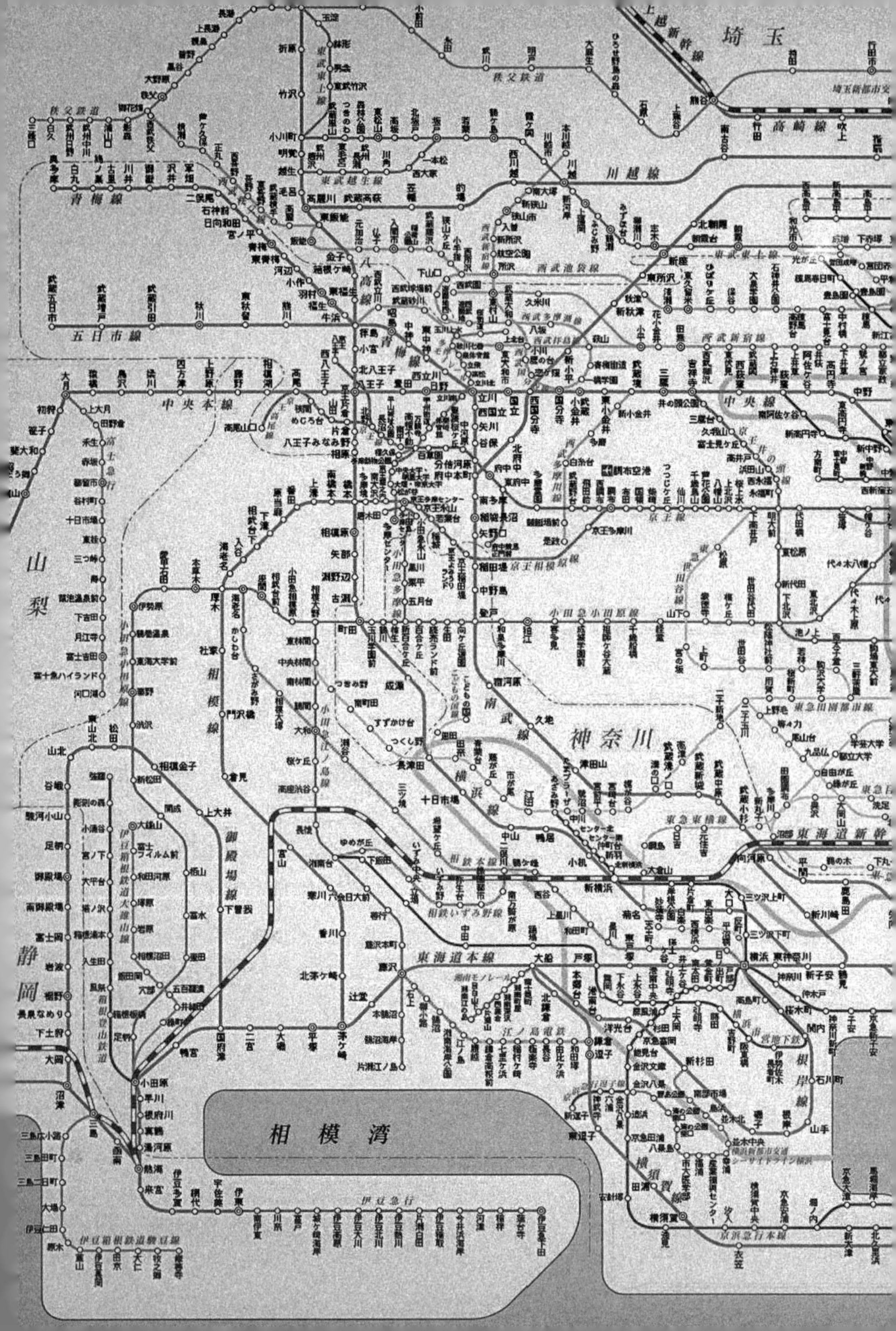

埼玉
山梨
神奈川
静岡
相模湾
上越新幹線
高崎線
川越線
秩父鉄道
東武東上線
東武越生線
青梅線
五日市線
八高線
西武池袋線
西武新宿線
中央本線
中央線
京王線
南武線
横浜線
小田急小田原線
相模線
御殿場線
東海道本線
東海道新幹線
江ノ島電鉄
横須賀線
根岸線
伊豆急行

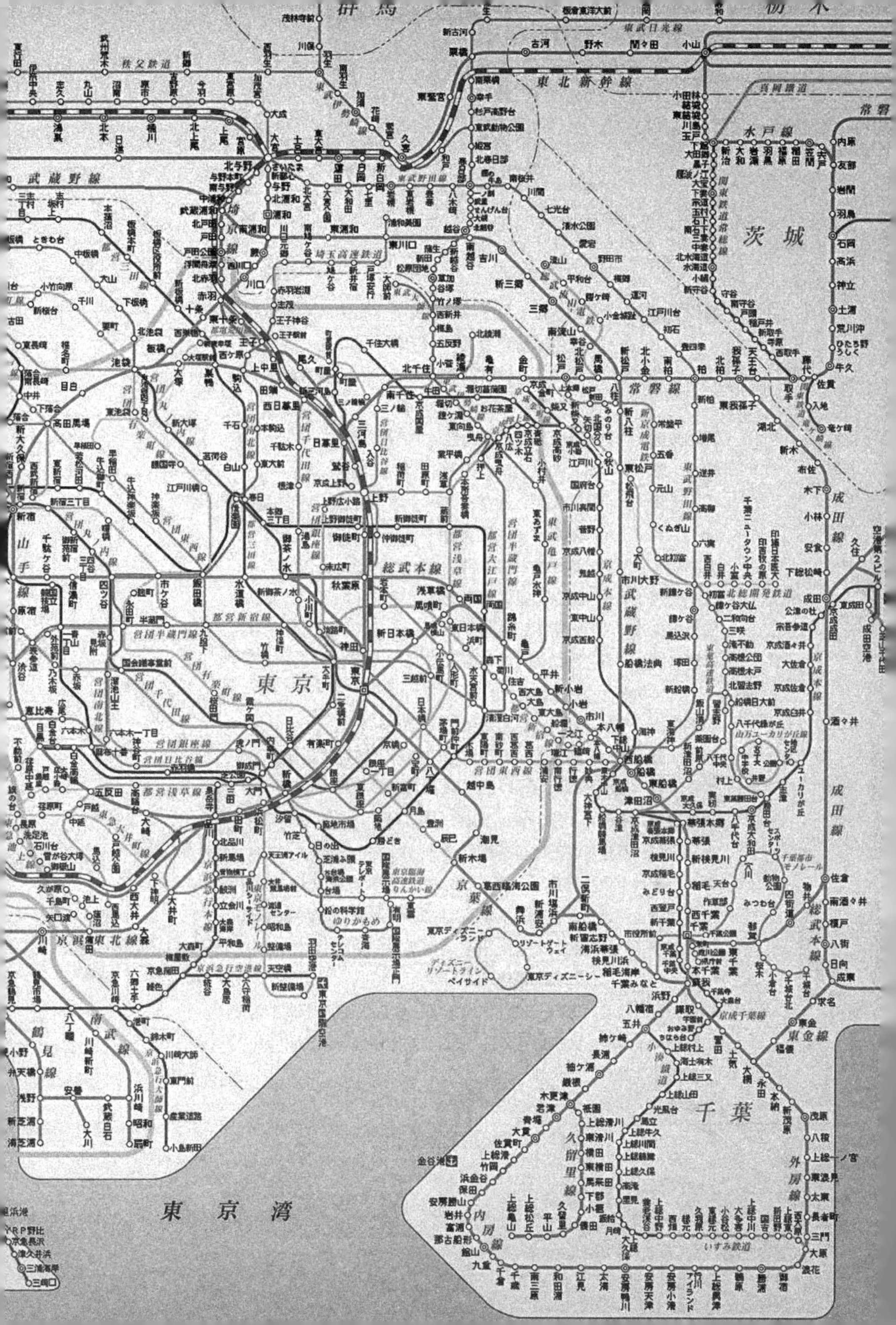

群馬
栃木
茨城
東京
千葉
東京湾
武蔵野線
東北新幹線
水戸線
常磐線
総武本線
成田線
京葉線
外房線
内房線
東金線

本作出场人物

【按登场顺序排序】

北见志穗（23岁）**警视厅－科学调查研究所－特别被害者部（SVB）**
诱饵搜查官 东大犯罪心理学毕业

袴　　田（48岁）**警视厅－科学调查研究所－特别被害者部（SVB）**
巡查部长 北见志穗搭档

高濑邦男（37岁）**芝公园女尸发现者** 高濑便当老板

楠　　木（不详）**T大法医学教师** 芝公园女尸解剖人员

渊　　泽（不详）**警视厅－搜查一课－六组** 警部补 北见志穗办案协助者

刈　　谷（不详）**警视厅－片区警署－刑事课** 刑警

室井君子（26岁）**第一位女性被害人** 死前状态酷似由佳娃娃

铃木郁江（不详）**被害人室井君子上司** T航空空姐 乘务组组长

辰巳富久（32岁）**被害人室井君子男友** 旧衣店“Express Kids”老板

茅野幸枝（28岁）**第二位女性被害人** 全职主妇 死前状态酷似“生龙活虎”版由佳娃娃

白井达夫（不详）**被害人茅野幸枝丈夫** 自由撰稿人

远藤慎一郎（34岁）**警视厅－科学调查研究所－特别被害者部（SVB）**
部长 东京大学犯罪心理学副教授

伊藤敏子（不详）“Express Kids”的店员

椎　　名（不详）成田机场行李检查部门海关公务员

井　　原（不详）**警视厅－搜查一课－六组** 警部补 北见志穗办案协助者

柳濑君江（32岁）**警视厅－科学调查研究所－特别被害者部（SVB）**

五木智子（21岁）**第三位女性被害人** 大学生 家住六本木 死前状态酷似开新车的由佳娃娃

乌森一光（56岁）宝町一家超市停车场工作人员 住在芝浦的公寓

宇野隆一（已故）大田区工厂主 曾接到制造由佳娃娃的订单

宇野钲子（28岁）宇野隆一的女儿

齐田丰次（38岁）曾为宇野工厂工人

关　　根（不详）歌舞伎町成人用品商店老板

4

诱饵搜查官4 嗅觉

由佳娃娃的诅咒

序章

啊！

是风。

在刮风。

刮个不停。

今天也在刮。

昨天也在刮。

回想起来——

二十年前的那天，也刮着风呢。

……

昭和五十一年（1976）八月那天，也刮着这样的风。

这里是大田区的大森。

聚集着许多小工厂。

工厂里大多只有五六个人。老板夫妇，加上三个员工。

入夜后，其中一家工厂起了火。

那是一家对塑料零件的表面进行加工处理的工厂。

工厂里只有两名员工，占地面积不足一百平方米，比周围的工厂都小。

厂房里堆满了塑料零件，塑料很容易着火。换言之，这间厂房与火药库无异。一着火，厂房便会化作一片火海。

转瞬间，工厂便被大火吞没了。

工厂区毗邻环状七号线，但小工厂聚集的这片地区布满了狭窄的小路。

消防车开不进来。

消防员的能力是有限的，他们只能眼睁睁地看着工厂熊熊燃烧。

万幸的是，火势没有蔓延到其他工厂，只是隔壁工厂的房檐被烤焦了而已。

但起火的那间工厂被完全烧毁了。

老板与老板娘葬身火海。

那天晚上，老板喝得烂醉，老板娘也在家喝起了小酒。

八岁的女儿躲过一劫。

那是老板和前妻生的孩子。

第二天，警方与消防署来到现场勘查。结果显示，这是一起纵火案。

刚满十七岁的年轻工人成了头号嫌疑人，警方要求他回警局协助调查。

这位年轻工人与老板娘有一腿。

老板娘才四十多岁，年迈的老板无法满足她的欲望。

于是，她就背着老公，找起了小情人。

然而，纸包不住火。老板得知后，便与老板娘争吵起来。

街坊邻居们还说，年轻工人被老板拳打脚踢过。

还被老板开除了。

就在火灾发生的前一天。

老板对老板娘余情未了，并不打算与她离婚。

而老板娘也不打算抛弃稳定的生活，离家出走。

于是，这位年轻工人就成了老板娘心血来潮的牺牲品。老板娘依然是老板娘，而工人丢了饭碗。

年轻工人定是对老板夫妇怀恨在心。

若就此认定他打击报复未免太过武断了些。但这也说明，这位年轻工人非常纯情，是真心爱着老板娘。

他有充分的动机。

年轻工人对老板夫妇怀恨在心，就在工厂放了火……

所以警方才会要求年轻工人回警局配合调查。

年轻工人很快便招认了。

他说，他并不想杀老板夫妇，只是想给他们点颜色看看罢了。

他还是未成年人，因此警方将他送去了家庭法院，接受“少年审判”。审判结果是，他必须接受刑事处分，案子也被送去了检察厅。

后来，工人被关进了中等少年院。

老板的独生女该怎么办呢?

她失去了父母（虽然是继母），只能投靠亲戚。

八岁的孩子什么都不懂。

她能听懂“死亡”这个词，却无法理解这个词的含义。

见孩子抱着娃娃，孤零零地站在火灾现场，街坊邻居们的鼻子都酸了。

话说回来，那个娃娃……

就在年轻工人被警方带走的时候……

对女儿而言，这个工人就是经常陪她玩的“好哥哥”。

两个人特别要好。

正因为如此……

只见小姑娘冲到工人身边，天真无邪地将手里的塑料娃娃递给了他。

“这个送给你！”

年轻工人露出难以名状的表情，不知他在哭还是在笑。

这都是几十年前的事儿了。

那年二月，洛克希德事件[①]成了世人关注的焦点，前首相田中角荣[②]也与本案有着千丝万缕的联系。

Pink Lady[③]红透半边天。《火辣警部》一曲在电视与广播滚动播出。

没错，那的确是陈年往事——

但案发时在场的警官总是对那起案子念念不忘，逢人便说："害死那小姑娘的父母的人就是他。收到小姑娘的礼物，真不知道他心里做何感想……"

那个塑料娃娃……

就是由佳娃娃[④]。

而现在。

风也在刮。

刮啊刮，刮个不停，直刮到昭和年代的末尾。

---

① 洛克希德事件发生于1976年，与昭和电工事件、造船丑闻事件、里库路特事件并称日本战后四大丑闻事件。1976年2月4日，美国参议院外交委员会跨国公司小组委员会主席邱比奇在听证会上，揭露了洛克希德公司为向国外推销飞机而以各种名义行贿外国政要的不正当竞争事实。该公司副董事长在听证会上证实，曾通过日本的代理公司丸红公司向日本政界有关人员赠送了巨款。此事一经披露，立刻在日本掀起轩然大波。不仅所有舆论媒体聚焦于此，而且在朝野上下也引起一片震动。

② 田中角荣（1918—1993），日本政治家，原众议院议员，内阁总理大臣（首相）。原以商人从政，在山崎猛迫官事件中发言替吉田茂解围，故被吉田茂刻意提拔。日本自民党第一大派田中派领袖。历任内阁大藏大臣、自民党干事长。1972年出任日本首相，任内，1972年中华人民共和国同日本邦交正常化。后因被指金权政治而下台，洛克希德事件爆发后服刑。但在同时又以高票当选众议院议员。众议院议员田中真纪子是其长女。

③ 日本20世纪70年代中期最红的女子二人组合。

④ 现实中的品名是Licca娃娃。

城市被凝重的氛围笼罩。

昭和六十四年一月，天皇病入膏肓，媒体争相报道他的病情。

各类活动叫停，各项事业也被迫停摆。

横滨的黄金町，是建筑工人的聚居地。

建筑工程全部中断，导致无数建筑工人流离失所。黄金町也是一片死气沉沉。

在这昏暗而冷寂的小城镇，一个男人来到了大楼的屋顶。

那是一栋八层大楼。

他从夹克的口袋里掏出一张纸。那是一张广告传单，背后写着“遗书”二字。他脱下鞋子，用鞋子压住水泥地上的传单。

之后，他缓缓爬上铁丝网，一声大吼，纵身一跃。

唯有风留下。

那年，日本的年号从昭和变成了平成[1]。

男子在昭和起跳，却没能在平成着陆……

唯有风在吹。

五年，十年，十五年……

二十年后的现在，风还在吹。

风是，人非。

风中——

被搭话的女人回过头来。

这里是东京都港区的芝公园。

---

① 平成元年为1989年。

一个男人站在她面前。

打扮寒酸。

男子感慨万千地喊着她的名字。

女子皱起眉头。

因为，她不认识他。

女子身边还有个男人。

男人一脸疑惑地问道："你认识他吗？"

男人心想，她岂会认识打扮得如此寒酸的人。

"……"

女子默默摇头。

她并不认识他。

她从没见过他。

男子跨出一步。

女子赶忙后退。

一抹不安掠过心头。

她心想，我是不是要喊出来了？

而女子惊恐的表情，也让陌生男子怀念无比。

那时，风也——

伏击纵火犯

1

八月三日，星期一。

最高气温三十二度，不快指数百分之七十五——

不快指数百分之七十以上的天气，已然持续了整整一周。

雨也下不下来。东京都政府已经在考虑限制用水的相关事宜了。

入夜后，气温也没有下降，家家户户都在开空调。东京的用电量也是水涨船高。

深夜十一点。

那个男人，走在日比谷大道上。

他是孤身一人。

他总是孤身一人，从都营三田线的“芝公园”站走到“御成门”站。

天黑了还这么热。

一身大汗，还有股汗臭味。

但更刺鼻的，是汽油味。

因为他手里提着四升装的汽油。

汽油罐的盖子好像松了，汽油味都漏了出来，再加上汗臭味，那味道就更是呛人了。

然而，事已至此，他也无可奈何，他又不能把汽油随便丢下。

只能忍着臭味。

但他很担心擦肩而过的路人会不会察觉他身上的味道。

不过，日比谷大道的人并不多。

几乎没人。

芝公园附近尤其冷清。

这一带一入夜就没什么人了。

公园那边有高尔夫练习场、保龄球场、游泳馆、啤酒花园……但夜已深，这些场馆都关门了。

对面则是港区的公所与药科大学的建筑物。大半夜的，自然不会有人。

明明是市中心，却很冷清。

男子对此心满意足。

所以，他总会情不自禁地来到此地。

然而——

今晚和平时不同。

男子的潜意识敏感地察觉了这一点。他有些怕，头顶的头发根根竖起。

今晚到底有什么不同？他用潜意识拼命地探寻着。

忽然，他明白了。

——没人。

这就是不同点。

芝公园一带是没什么人。

但这一两个星期有些特殊。

最近接连发生了几起纵火案，因此警方加强了巡回力度。

警车到处巡逻，关键路口还有关卡。警官满大街都是，一不小心就会被逮住问话。

可今晚，他连一个警官都没看到。

这是为什么？

——还用问吗。

他意识到了。

——警方是想坑我呢。

男子顿时紧张起来。

然而，日比谷大道上的男子，并没有表露出他心中的紧张。

他只是低着头，一步一步，徐徐前行。

但他的双眼，在不断扫视周围。

刑警不见踪影，路边也没有警车，就好像纵火案从来都没有发生过一样。

刑警们定是躲去了暗处。而且，警察的人数一定很多。

警官们如潮水般撤离了日比谷大道。不应该啊，警方撤得太干净了。但这也体现出了“圈套”的周密性。

要是男子再迟钝一点，他也许就不会发现了。

可是，这个男人异常敏感。

一旦养成了纵火的习惯，再迟钝的人也会变得敏感。

——警方设计想抓我。

男子心想。

——这群蠢货。我怎么会上你们的当呢。

战栗在心头闪过。那种感觉与恐惧感相似，但也隐含着某种快感。那种感觉，好似性的快感。纵火时，他也会有这种感觉。

他心想，今晚他必须动手。

明知警方设下了圈套，却毅然纵火，这未免有些冒险。他何必以身涉险呢。

然而，隐蔽的喜悦如火种般生生不息。不动手，火种就会熄灭。

——这是一种病，是我命中注定的病……

换言之，男子别无选择。

他好似走向刑场的罪人一般，浑身无力。

但他并没有停下脚步，而是继续往芝公园的方向走。

深更半夜，芝公园里空无一人。要是有，那也是偷偷摸摸躲在黑暗中干“好事”的情侣。

不对，男子在脑中摇头。潜伏在黑暗中的不是情侣，而是刑警。

他不会进芝公园的。

走到芝公园门口时，他与一个人擦肩而过。

那人打算到公园里去。

——这么晚了，去公园干什么啊？

他们将充满怀疑的视线投向对方。

——是刑警吗？

纵火犯心想。

然而，来人貌似不是刑警，因为他身上有一股酒味，手上还拿着一大瓶日本酒。这样的人怎么会是刑警呢。警察再不堪，也不至于在执行公务的时候喝酒吧。

——那就是个醉汉，他不可能发现的，那就是个只能来公园喝酒的醉汉。

纵火犯嗤之以鼻。

一把年纪了，还这么孤独——然而，他忘记了。他，也是如此孤独。

孤独的男人们，孤独地擦肩而过。

2

那天——

爱宕警署、三田警署的“芝公园连续纵火事件”联合搜查本部组织了一支总人数多达一百八十人的伏击搜查部队，其中包括机动搜查队、机动队等部门的人手。

日比谷大道周围已经出了三起纵火案了。

第一起案子发生在芝公园四丁目的东照宫。

东照宫正对着日比谷大道。

但东照宫入口处的鸟居并不临街，四周大树繁茂。

鸟居前停着几辆车。遭殃的便是其中的一辆。

那是一辆奔驰。

警方推测案发时间为晚上十一点。

照理说，纵火犯不太会这么“早”出动。

不过芝公园虽然地处市中心，却不太热闹。

它面朝港区的日比谷大道，与增上寺、旧台德院灵庙总门、三解脱门相连。

人烟稀少，颇有些“大都会中的孤岛”之感。

附近有酒店，也有高尔夫练习场，但这些设施离大马路的距离较远。东照宫的宽敞前院，反而加深了这一带的寂寥。

日比谷大道的行道树皆是郁郁葱葱，投下深邃的影子。一到晚上，路上就更黑了。

都营三田线的“芝公园”站与“御成门”站离这儿都不远，但这儿的人流量依然不多。

芝公园被新桥与六本木这两块闹市区夹在当中，极少被人们想起。

到了晚上，就更是无人问津了。

所以发生在晚上十一点的纵火案，也找不到目击证人。

一辆奔驰，在东照宫的停车场化作废铁。

那是三周前的事儿了。上上周和上周也分别发生了一起纵火案。

一起发生在芝公园四丁目，紧邻东照宫的包月式停车场——

还有一起则发生在芝公园三丁目。从日比谷大道往新桥方向左转，就能看见港区图书馆前面的路面停车场了——

被烧毁的分别是宝马和奥迪。

包月式停车场的火还蔓延到了其他车上。要是算上所有轮胎被烤焦的车，那么受害的车辆就会多达十四辆。

这两起案件的案发时间也是晚上十一点左右。警方也没有找到目击证人。

看来，这个纵火犯专挑高级进口车下手。

片区的警官四处打听消息，可就是没找到目击证人。

警方搜索了四百多个有前科的纵火犯，还检查了案发现场的脚印，可就是无法锁定嫌疑犯。

除了足迹，犯人还留下了些东西。

警方在包月式停车场发现了一个四升装的空汽油罐。

罐里还有一股汽油味。

这些汽油肯定是犯人带来的。

这些四升装的罐子产于平成年代，生产者是神奈川县的工厂。同一批次的汽油罐共有两千三百个。出厂后，它们便被运去了东京的各大加油站。

遗憾的是，使用这种汽油罐的加油站随处可见。因此警方不能通过这条线索缩小嫌疑人的范围。

只是……既然犯人用的是罐装汽油，那么他十有八九是开着车来的。

因为四升汽油的体积并不小。当然，把罐子装进大号背包也不成问题，但那样未免太过引人注目了些。

可是，知道犯人是开车来的又如何？警方还是无法锁定嫌疑人啊。

案发现场附近的调查、遗留物品的调查、前科犯的调查……都以失败告终。

于是，爱宕警署与三田警署便设立了“联合搜查本部”，将调查重点放在了“伏击”上。

伏击，就是守株待兔。

“以爱宕警署的刑事课长为本次调查工作的负责人——”上周日，警视厅下达了指示，“负责人需预测纵火犯的行动，与有关部门通力合作，充分发挥出组织的作用。”

要伏击，就必须预测出犯人的犯罪地区、犯罪目标与犯罪周期。最好等犯人多犯案几次后再动手。

那这次的纵火案有什么样的特征呢?

案发地点是东照宫、芝公园四丁目的包月式停车场、港区图书馆前面的路面停车场，都是日比谷大道到新桥方向的沿线地区。

案发时间分别为周一、周二、周一。也就是，新的一周刚开始的时候。

再加上三起案件都发生在晚上十一点左右，所以警方不难预测出下一起纵火案的时间。

照理说，警方最好等凶手犯下五六起案件后再行伏击，这样才能有足够的分析资料。

可这次的犯人只出动了三次，用来分析的数据还不够充分，但警方不得不动手。

伏击成功与否，关键在于缜密的作战计划。

因为伏击离不开大规模的搜查。

日夜盯梢，会大大消耗警官们的体力。一个不小心，还会打草惊蛇。从这个角度看，伏击的持续时间绝不能太长。

换言之，一旦展开“伏击”，就必须在短时间内拿出成果来。

否则警官们定会疲惫不堪，而调查也会就此触礁。

这也是搜查本部最为畏惧的情况。

为此，搜查本部必须将任务分配得尽可能具体，并投入尽可能多的人手。

可搜查本部也不能光找男警官。

因为案发地点是芝公园。

芝公园可是约会圣地。要“伏击”，少不了女警官的配合。

然而，爱宕警署与三田警署的女警人数都不够。

于是，北见志穗就被调了过来。

3

北见志穗隶属于警视厅科搜研（科学搜查研究所）特被部。她是所谓的准公务员，立场非常特殊。她的身份相当于司法巡查，但人们总会如此称呼她——“特被部”的诱饵搜查官。

引诱那些专挑女性下手的罪犯，便是诱饵搜查官的工作。

照理说纵火案不归特被部管，但女警的绝对数量太少，总免不了被“借”去别的地方。

志穗噘着嘴，向袴田警官发起了牢骚。

“这又不是特被部的工作，我又不是招之即来挥之即去的……”

袴田也是特被部的警官。志穗当诱饵时，袴田便会在一旁保护她的安全。他在各大警署的防犯课颠沛流离，好容易回到了警视厅，却又被踢到了特被部。

他快五十岁了，却仍是巡查部长——从这一点便能看出此人的能力。如果他在民营企业工作，怕是早就被裁掉了吧。

袴田虽然不中用，但他深知“警界”这个金字塔组织的内情。

纵火案的确不归特被部管，可高管们一声令下，下头的只能照办不是？

“嗨，你随便敷衍敷衍就好了。搜查本部长不过是想把该做的都做好，免得落人口实。不过三四天的事儿，你就忍忍吧。”

袴田如此安慰志穗。

袴田自己也要参加伏击行动。

志穗无可奈何，只得照办。

纵火案会在每周一或周二发生。案发地点都在日比谷大道附近，每一次都离新桥更近一些，而且专挑外国车下手。

爱宕与三田警署的“芝公园连续纵火事件”搜查本部提前预测了下一个纵火地点。

可能性最高的，是芝公园内部的路面停车场。

这个停车场需要 A 级戒备。

可能性第二高，需要 B 级戒备的是，西新桥三丁目的慈惠医大附属医院。警方在那里设置了特殊案件专用的报警器。

但搜查本部更想把犯人“逼”进 A 级戒备的区域。

因为分散警力绝非上策。

为此，警方要求慈惠医大附属医院，尽量不要把外国车停在路面的停车场。

医院要求员工不要开外国车来上班，也在医院张贴了告示，请病人和探病者尽量不要开外国车来。

只要能保证慈惠医大这儿没有外国车，警方就能将主要精力放在芝公园上了。

A 级戒备，芝公园——

公园本身并不大，但公园的东北部分有一片路面停车场。

只要找一辆外国车往那儿一停，就能成为绝妙的诱饵。

警视厅有专门用来护送要人的奔驰。

这辆奔驰，停在了公园的停车场。

与此同时，警方还组织了公园的职员帮助监视公园的停车场。一旦发现可疑车辆，他们便会向警方通风报信。

警方之所以强化芝公园路面停车场之外的地区的巡逻力度，也是为了把纵火犯逼往警方准备好的陷阱。

当然，要是这辆奔驰真的被烧坏了，那刑事课长就得吃不了兜着走了。

搜查本部在停车场周围布置了众多警力，与此同时，他们也没有疏忽指挥系统的统一性。

之所以让爱宕警署与三田警署成立联合搜查本部，也是为了方便警视厅的统一指挥，免得警官们为了建功立业争得头破血流。

那天——

八月三日，星期一。

四十名警官以两人为一组，分散在以芝公园为中心的二十个地点。

警方使用的车辆、照相机、无线电、望远镜与照明用具都经过了重重检查。

换言之，警方为这次伏击做好了万全的准备。

万事俱备只欠东风。就等犯人现身了——

志穗孤身一人。

特被部的同事们并没有接到出动的命令。

换言之，志穗是所谓的游击队员。搜查本部就没指望她能发挥出多少作用。

芝大门一丁目——

日本红十字会大楼旁边，有一栋写字楼。

志穗就躲在写字楼三层的逃生梯平台上。

站在那儿，能看见日比谷大道后的芝公园。

问题是——

看不清啊。

视野并不开阔。

她的确能看见芝公园。

公园中央有一条铺着砖块的宽敞通道，两边则是带状的草皮，还有长椅与秋千等设施。

通道两旁设有路灯，但灯光会被繁茂的树木挡住，显得光线雾蒙蒙的。

芝公园的旁边就是御成门小学的校舍。

公园与小学之间，有一块小空地。

奔驰就停在空地的停车场里。

而志穗所在的逃生梯平台离停车场很远，中间还隔着公园。

就算架起望远镜，也看不清楚。

无线耳机也接收不到任何命令。

天又热，活又无聊，志穗很是烦躁。

不过，志穗并不着急。

停车场周围有好几组警官候着，犯人不可能在他们的眼皮底下放火。

当男警官需要接近公园时，他们才会召唤志穗，让志穗扮演他的女朋友。

除此之外，志穗毫无用武之地。

她只要等着就行了。

——反正我就是个群众演员。

志穗愤愤不平。

她就这么躲在平台上，静候时间流逝。

十一点三十分。

——今晚怕是不会出事了。

就在志穗如此想着时，周围陷入了一片漆黑。

一切，是如此突然。

就好像有个硕大的黑色东西罩在了她头上。

志穗吓得浑身僵硬。

“啊……”

她喊道。

黑暗，能让人变得无比无力，无比胆小。

她险些陷入恐慌。

——停电了。

她如此说服自己，让自己保持冷静。

没什么大不了的。就是停电了而已。

她决定站住不动。

芝公园陷入了黑暗。

大楼与公园，都被黑暗笼罩。

芝公园后的东京铁塔，也融入了黑暗中。

不过新桥那边依然灯火通明。看来，这并不是一场大范围的停电。

时值盛夏，电力消耗量很容易突破极限。

为了保证民众的用电需求，电力公司也是煞费苦心。但是在现代的东京，极少会出现停电的情况。

对“芝公园连续纵火案”搜查本部而言，这可是天大的不幸。

只能用“倒霉”二字形容了。

志穗也不得不苦笑。

这还怎么盯梢啊。

然而——

搜查本部的不幸，不仅于此。

这事儿可没有这么简单。

忽然，黑暗中，出现了一个光点。

起初光点还很小，但它在不断膨胀。膨胀，摇晃。光芒中，蹿出一束火苗。

——糟了！

起火点在芝公园，但那并不是警方重点戒备的停车场。

看来搜查本部的请君入瓮法没有奏效。

倘若事实真是如此，那等在写字楼的逃生梯上也没用。

犯人得手后定会逃跑。志穗必须帮着追踪犯人。

志穗站起身，打开手电筒，冲下逃生梯。

来到日比谷大道。

日比谷大道上车水马龙。

不用开手电筒。

火灾现场有种异样的混乱感。

警官们纷纷离开既定位置，跑来跑去。

而且他们前进的方向也各不相同。

有的在往火场跑，有的则往芝公园里冲。

大伙儿嘴上还念念有词。

——怎么搞的？

志穗不知该往哪儿去才好，只得在原地站着。

就在这时——

电来了。

路灯亮了，东京铁塔的灯光也出现在了夜空。

一位警官朝着志穗喊道：“有一具女尸！芝公园里发现了一具女尸！”

——有一具女尸？

志穗半晌没听明白。

他们在查的不是纵火案吗？怎么会有女尸呢？这到底是怎么回事？

然而，喊这句话的警官已然穿过日比谷大道，冲进了芝公园，志穗都没来得及追问。

她只得举起一只手，示意路上的车停下，赶忙跑过马路。

急刹车的声音，喇叭的声音，好似惨叫。

陷入混乱的人，不止志穗一个，警官们多多少少都有些一头雾水。

也难怪现场会如此混乱。

女尸，就出现在警官们的眼皮底下。

这也太突然了。岂有此理。

谁会想到这一出啊。

也没有一个人会料到，这就是那年夏天发生的“娃娃连环杀人案”的开端。

裸体的由佳娃娃

1

芝公园里出现了一具女尸。

而且，女尸赤身裸体。

芝公园是个左右对称的小公园。

公园的夜景很美。

公园中央有大花坛，两边则是长椅，还有铺着地砖的通道，长椅旁边就是路灯。而郁郁葱葱的树木后，便是亮着灯的东京铁塔。

还有比这儿更适合恋人们谈情说爱的地方吗?

东京铁塔每天十二点关灯。

所以一到十二点，公园就没人了。

十一点四十分，警官们得知公园里出现了女尸。

这个时间点的公园虽然人烟稀少，但也不是完全没人。

而警官们的第一印象是——女尸是突然出现的。

或许是停电太突然了吧。

停电，在深夜的东京形成了一个黑洞。

停电时间为十一点三十四分到四十分。

在短短六分钟时间里，芝公园一片漆黑。

现场附近，有几十名警官静候纵火犯的到来。

然而，发现女尸者，并非警官。

发现女尸的人叫高濑邦男，今年三十七岁。

他的工作是在大田区的大森烹制便当。每天白天，他会开着面包车到芝公园附近销售便当。

芝公园附近的食堂与餐馆并不多，在附近工作的工薪族们总是为午饭发愁。因此，高濑邦男的生意还挺红火。

幕内便当、猪排便当、鲑鱼便当、中餐便当——

每种便当都很普通，但价钱也挺实惠。

每天傍晚，便当都会一售而空。

卖完了就没什么事儿了，高濑大可回家歇着，但他还没成家，回去了也没个说话的人。

他雇了几个街坊邻居家的主妇帮他做便当，每天早上都得早起去进货。

傍晚回家后，就只能看看电视，没有别的娱乐活动。

大森毗邻昭和岛工业区，附近连个小酒馆都没有。

回去了只会倍感寂寥。于是他便养成了在公园附近吃晚饭，喝点小酒的习惯，每三天一次。

他没法把车开进公园。

平时他总会把车开进通往御成门的那条路，停在公园那一侧的路肩上，在路边卖便当。

那里是禁止停车的，但警察不会管那么多。

所以他就放心大胆地把车停在了老地方，找了个酒馆，喝酒去了。

在小酒馆喝了半天，却仍不过瘾。于是他就在路边的自动售货机那儿买了瓶酒，继续喝。喝着喝着，就喝到了大半夜。

醉酒驾车可不好。但从芝公园到大森并不远，沿着第一京滨高速直走就是。他天天都开这条路，闭着眼睛也能把车开回去。

——我没醉。才喝了没多少，不碍事。

他胸有成竹。

——没错，我没喝醉，没什么问题。

他如此说服自己。

但他喝了很多，喝高了。

他打算从芝公园中间走回面包车。

进公园时，他与一个男人擦肩而过。除此之外，他就没见到别人。

他就这么走进了公园，朝通往御成门的马路走去。

就在这时，路灯全熄灭了。

公园的灯自不用说，连附近办公楼的灯、正对面的东京铁塔的灯也熄灭了。

“……”

他愣住了。

什么都看不见，伸手不见五指。

他喝醉了，本来就站不太稳，周围这么黑，一抬脚就有可能摔伤，还是站在原地不动为好。

——不就是停电了嘛。

他只能如此鼓励自己。

——没错，只是停电罢了，很快就会好的。

然而，孤身一人站在黑暗中终究吓人。偌大的东京，仿佛就只剩他一个。那是何等冷清，何等寂寞。

——好冷清啊。

——不，我不冷清。冷清个屁啊。

就在这时，芝公园的一角蹿出了火苗。

似乎是反方向的马路。

——难道有人在生火不成?

不，不对。事情没那么简单。

火势越来越猛，大有要把夜空烤焦的势头。

哪儿有这么生猛的火堆啊。

火焰熊熊燃烧，滚滚黑烟，好似积雨云。

为什么那种地方会冒火?

高濑很是不解。

但更让他疑惑的是——

火光，照亮了他眼前的某个东西。

他不禁眨了眨眼。

他的眼前，有一个裸体女人。

她是如此年轻。

一动不动。

停电前，她根本不在那儿。

她是从哪儿来的?她为什么不穿衣服?为什么不动啊?

他缓缓走近那个女人，问道——

“你怎么啦?”

“你在干什么啊?”

“大夏天不穿衣服也会感冒哦。”

然而，女子并没有回答。

依然纹丝不动。

他犹豫了。

然而，他总不能放任一个裸体女人坐在公园里不管吧。

他犹犹豫豫地伸出手。

碰到了女人的肌肤。

——她死了!

胃里的东西到了喉咙口。他本想惨叫，可嗓子不听使唤。只听见他的喉咙口，漏出了一丝气息。

2

“芝公园连续纵火案”搜查本部的伏击行动以失败告终。

因为那天晚上，出了两件意料之外的事。

一是纵火犯没有对停车场中的奔驰出手，二则是公园里突然冒出了一具女尸。

搜查本部在芝公园旁边的停车场里准备了一辆奔驰。

旁边还有一辆卡车，里头有红外线摄像机。警官们能随时从卡车里冲出去。搜查本部还征用了一栋能俯瞰停车场的大楼的二楼，派了一部分警力过去监视着。附近的便利店里也有伪装成顾客的警官盯着……

一切努力，都打了水漂。

犯人并没有被停车场中的奔驰吸引住，他选择的是销售进口车的店。

芝公园旁边的P酒店附近，有一家专门销售进口车的商店。

商店开门时，展示厅的卷帘门是开着的，形成了一个小院子似的空间。院子里放着桌椅，纵火犯在桌椅上洒了汽油，点了一把火。

火灾造成的损失并不大。除了桌椅，遭殃的就只有海报和广告旗了。展示厅的瓷砖只是稍微有些发黑而已。

然而，纵火犯逃脱了警方的天罗地网，得手了。这一点，让警官们备受打击。

纵火犯居然没有火烧进口车，而是烧了进口车商店的展示厅……

销售进口车的商店，的确是警方的盲点。

问题是，一到晚上，展示厅的卷帘门就会关闭。所有展示车都会被收进室内。所以警官们才没有注意到这家店的进口车。

但芝公园附近有四十多名警官盯着。要是没有停电，就算他们猜错了纵火犯的犯案地点，也能趁他仓皇逃窜的时候将他捉拿归案。从这个角度看，搜查本部真是倒霉到极点了。

那么，芝公园的全裸女尸是怎么回事呢？搜查本部不知该如何判断才好。

女尸与一系列的纵火案有关吗？还是说，她的出现，是一个巧合？

在调查案件的过程中，最要不得的就是“先入为主”。女尸与纵火案有没有关联呢？还是先别下定论为好。

况且——

光是这具女尸，就够让人头痛的了。

因为女尸的状态太异样了。

她一丝不挂。

坐在长椅上。

志穗一到案发现场就愣住了。

死者还很年轻，不过二十五六岁的样子。

她生前一定是个大美女。

身高一米六左右，头发很短。肢体十分匀称，几乎没有赘肉。皮肤晒成了小麦色。一看就知道，她在自己身上花了很多钱。

她死了，却好端端地坐在长椅上。双腿并拢，双手放在膝头，背靠长椅，颇有些“娃娃”的惊悚感。

之所以说她像“娃娃”，也许是因为她的皮肤有种奇特的光泽。她的体毛被剃得一干二净，全身的肌肤丝般顺滑。在路灯的照耀下，她的皮肤有些发青。

这也太诡异了。

她的衣服与随身物品都不见了，警方无法查明她的身份。

第一个发现尸体的，是一个叫高濑的男人。

高濑说，当时是这么个情况：

他在公园里走着，忽然停电了。

于是他只能站在原地。

突然，反方向出现了火光。纵火犯在进口车商店的展示厅纵火了，起火点与高濑的直线距离约为四百米。

高濑借着火光，看见了被害者。

而赶往纵火现场的警官们则称：

停电后，进口车商店的展示厅起火了。

见状，警官们纷纷朝纵火现场赶去。

有两位警官在半路上撞见了一个从芝公园里冲出来的人。

男子大喊道："公园里有女尸！"

听到这话，两位警官顿时懵了。

伏击行动失败已经够让人头疼了，再来个女尸还怎么得了。

他们会慌乱，也是情理之中。

他们将信将疑地冲进公园。

就在这时，来电了。

一进公园，便是铺着地砖的中央通道。两侧都是长椅。

右手边的第一张长椅上，坐着一个赤身裸体的年轻女人。

长椅后边是路灯。青白色的灯光洒在女人的身上，她就好像一个在屋台上扮演死人的演员……

换言之，综合高濑与警官的证词，便知这具女尸是在停电的六分钟内出现的。

负责侦办"芝公园连续纵火案"的，是爱宕警署与三田警署的刑事课警官。

万幸的是——这么说好像也不太妥当——刑事课本就是专办杀人案与伤人案的部门。换言之，他们见惯了这类异常的尸体。

得知芝公园出现女尸之后，警方迅速做出反应。

搜查本部留了一小部分人去纵火案现场，再把剩下的人手都派去了女尸那儿。

原本负责伏击的警官们不得不去侦办一桩从天而降的命案，局面自然有些混乱。

一位喜爱棒球的刑警喃喃道：“没做准备运动就上场啊……肩膀都没准备好呢。”

首先，警方得先判断一下这到底是一桩杀人案，还是单纯的抛尸案。

如果这真是一起“杀人案”，片区署长就得立刻联系警视厅，请机动搜查队员、搜查一课和鉴识课员进行现场勘查。

机搜队（机动搜查队）是专门负责杀人案初期调查的部门。要是现场的警官们判断错误，没有及时联系机搜队，之后的调查工作就会异常艰难。

照理说警方发现异常尸体之后，要先派出机搜队勘查现场，再将案件委托给片区警署侦办。

只是爱宕警署与三田警署的警官们碰巧在现场，于是调查顺序就乱了套。

负责现场指挥工作的是片区警署刑事课的副课长，他可谓责任重大。

这是“杀人案”还是“抛尸案”？副课长犹豫了。但他最后还是决定请机搜队出马。

还发布了紧急通缉令。

同时通缉纵火犯与杀人犯（虽然副课长还没完全断定这是一起杀人案）。

紧急指挥系统也开始运转了。

通信指令中心的大型地图盘上画出了一个红色的大圈，圈的中心就是芝公园。而红色的圈，就是凶手的逃跑范围。范围内的车站、主干道、高速公路收费站都安排了警力。

也许，副课长不应该向本厅汇报。

因为女尸身上并没有明显的外伤。

这的确是所谓的“异常尸体”（这是警界的专业术语），但她是不是“犯罪尸体”呢？此事有待商榷。

然而——

虽然尸体身上没有外伤，但其颈部留有轻微的指痕。

用绳索绑住手腕，再用手掐住被害者的颈部……这种做法叫“扼颈”。

扼颈，在现实生活中并不少见。

要徒手掐死一个人，需要相当大的力气。

但被害者脖子上的指痕非常浅，可见掐脖子的人并没有用力。而且指痕只有右手的，并没有左手的。与其说是掐，不如说是抓。

从这个角度看，在被害者颈部留下指痕的人并无杀意。

而且，大拇指的指痕留在了颈部右侧，剩下的四根手指则出现在颈部左侧。怪了。这岂不是意味着伸手的人就站在被害者正面？

凶手站在这个女人面前，徒手——而且只用一只右手——勒住了她的脖子？

不用解剖女尸就能断定——她绝不是被掐死的。

但脖子上的指痕的确不太自然。到底是谁掐了她?

要是死者的脖子上没有指痕，现场的负责人恐怕不会将这具女尸归为“犯罪尸体”，也不会请来机搜队，发布紧急通缉令。

警官们立刻开始勘查现场。无奈现场并没有留下任何属于被害者的东西，属于犯人的就更不用说了。他们没能发现任何与被害者身份有关的线索。

与此同时，警方也在检查最关键的女尸。

刑事调查官（验尸官）到达案发现场后便开始了验尸工作。

被害者还很年轻，而且全身一丝不挂。为此，片区警署特地送来了一顶塑料膜搭成的帐篷，让验尸官与警官们在帐篷里验尸。

志穗是案发现场唯一的女性，便被请去当见证人了。

3

首先，鉴识课员从各种角度拍摄了尸体的照片。因为验尸时必须让死者躺下来。在那之前，警方必须留下案发现场的记录。好比，尸体是怎么坐在长椅上的。

闪光灯在帐篷里闪个不停。鉴识课员每次按下快门，女尸的乳房便会像迪斯科舞厅的光球一样，闪闪发光。

见状，志穗忽然产生了一种奇妙的感觉。这副景象，实在太不现实了。

她见过好多尸体。

再美的女人，一旦死去，就会沦为没有生命的东西。尸体是何等凄惨，何等鲜明。然而，尸体终究是东西。从某种层面看，没有比“死亡”更诗意，更肆意的东西了。

然而——

这具尸体与普通的尸体截然不同。

没错。怎么说呢——她太像个“东西”了。她身上没有任何凄惨的痕迹，也没有任何鲜明的印记。她的脖子上有指痕，但那不过是几个红色的小点罢了，不会让人产生任何的同情。她就这么低着头，坐在长椅上，好似服装店用的假人。干干的，没有任何生命感。看上去，格外的超现实。

——这到底是为什么呢?

志穗很是困惑。

其他警官好像也有同感。

“这位死者的皮肤……怎么亮闪闪的啊……”

一位警官歪着脑袋嘟囔道。

女人的身体经过了异常悉心的打理。全身上下不见一根体毛，连个雀斑都没有。

年轻女人都会保养皮肤，可这位被害者的保养实在有些“过分”，颇有些偏执。

莫非……她是拍泳装写真或裸体照的模特?

志穗怎么会联想到这种职业呢?因为被害者的阴毛也被剃干净了。

"搞定了。动吧——"

鉴识课员拍完照片后,验尸官就开始验尸了。

几位警官调整了尸体的姿势。

验尸官开始检查时,恰是午夜零点四十分——

验尸官记录了死者的身高、身材、营养状态、肤色、有无尸斑和尸僵的状态。

尸体尚未开始僵硬。

右臀部有些许尸斑。

口腔黏膜与小阴唇略有些干燥。

死者的体温并没有下降。在夏天,尸体的体温是每过一小时下降零点五度。只是今晚的气温本就超过了三十度,所以死者死前的体表温度应该很高。

综合尸僵、尸斑与尸体的干燥状态,验尸官得出的结论是:

"死亡时间距现在一小时至一个半小时——"

警官们一阵骚动。

因为,那正是调查员们伏击纵火犯的时候。换言之,这位死者,死在警官们的眼皮底下。

芝公园的每个入口都有警官监视着。

能俯视公园全景的大楼屋顶上，也有警官守着。他们会用夜视望远镜监视在公园里走动的人。

为了将纵火犯绳之以法，送上法庭，警方每隔一段时间就会拍摄公园的照片，还有摄像机一刻不停地录像。

当然，在停电前的录像中，并没有坐在长椅上的裸女。

换言之，这个女人在停电的六分钟时间里来到了公园，并赤身裸体地死在了长椅上。

如果这是一起杀人案，那就意味着凶手趁着夜色杀死了这个女人，还扒光了她的衣服，逃之夭夭。如果这是一起单纯的抛尸案，那就意味着犯人摸黑将尸体搬进了公园。

无论真相是哪种情况，六分钟时间都不够充裕。

——真的来得及吗?

警官们都很困惑。

但验尸官的验尸工作依然有条不紊。

颈部的指痕并非死因。验尸官认为，凶手并没有去“勒”她，而是轻轻地“捏”了她一下。

“你就当它是个吻痕好了。有很多男人喜欢在上床的时候掐女人的脖子。我还听说啊，很多女人也好这一口呢——”

一位警官如此说道。可话音刚落，他便意识到志穗就在旁边，脸都羞红了。

志穗则装出一副没听见的样子。在警界混久了，她便悟出了一条道理：她必须不时忘记自己的性别。

某些人拥有比较特殊的性癖，喜欢在性交时掐对方的脖子。这也算是一种爱抚吧。

但警方还不能下定论。

总而言之，尸体会被送去解剖，到时候专家肯定会给出更多的信息。

验尸官开始检查死者的眼皮了。

“好多眼屎啊——”

他的声音略显紧张。

“眼屎？难道被害者有眼疾吗？”

片区的警官问道。

“不，好像不是那么回事儿，”验尸官喃喃道，“她的眼球有黄色浮肿……她八成吃了安眠药。貌似是安眠药中毒啊……眼屎多和眼球浮肿都是安眠药中毒的症状。”

“安眠药中毒……难道她是自杀的不成？”

警官如此问道，可他随即否定了自己的意见：

“不可能啊，自杀的人怎么会赤身裸体跑出来呢……”

“但也不可能是他杀啊。先骗死者吃下安眠药，再用凶器勒死的例子比比皆是，可这位死者脖子上的指痕很浅啊——”验尸官很是不解，“光用安眠药杀人可不容易啊，得灌好多药片下去才行，而且每个人的致死量都不一样的，没那么容易得手啊。”

“也就是说……这案子很有可能不是杀人案是吧——”

副课长松了一口气，如此说道。

也难怪，毕竟他是案发现场的负责人嘛。

如果被害者的死因真是安眠药中毒，那他杀的可能性就很低了。

拿走她的衣服的人有“抛尸”的嫌疑，但普通的“抛尸案”不用请警视厅出马。

也不会有人怪罪副课长汇报得太晚。

验尸官发现的线索还有——

被害者外阴部有几处肉眼很难发现的擦伤，伤痕还很新。这些伤痕恐怕是男性的性器官造成的。换言之，被害者在死前不久有过性行为。是双方你情我愿，还是男方霸王硬上弓？这一点还不好说。但验尸官并没有在死者的身上找到精液。

既然发现了擦伤，那么下一步自然是检查被害者的乳房等部位有没有留下唾液的痕迹。要是男方留下了唾液，那就能通过唾液查出那人的血型了。

不过这都是鉴识课的工作。尸体迟早会被送去解剖的，验尸官在案发现场的工作已经结束了。

4

帐篷外传来了狗吠。

只见一个男人把头伸进帐篷，嘟囔道：“唉，这事儿不好办啊。”

他牵着一只狗——那是一只英气十足的狼狗。

没错，那是警犬。

警犬想往尸体那边冲，男警官不得不把它拉回来。警犬惨叫不迭——汪汪！

都说狗的嗅觉是人类的三千倍至一万倍。闻脂肪酸发出的特殊味道时，狗的嗅觉甚至会达到人类的一百万倍。

所以警方经常会带警犬来到案发现场，让它们闻一闻犯人的脚印，追查犯人的下落。

然而——

“这里的路面铺着沥青，天又这么热，气味分散得太快了，不适合警犬追踪啊。我原本心想，这一带的人流量不太大，到了晚上也没什么车了，气温也没有白天那么高，带警犬来兴许能有用，可现场都没有发现犯人的遗留物品，让警犬从何找起啊。要是能确定哪一组脚印是犯人的也就罢了……而且啊，这家伙好像被其他味道吸引住了，一门心思闻那种味道，哪儿还顾得上其他味道啊。”

警官摇了摇头。

警犬拼命挣扎，还用前脚不住地刨地面。一看就知道，它想去尸体那边。它非常亢奋。

“这样啊，”副课长颔首道，“那就这样吧。辛苦了。也让警犬好好休息休息。”

“知道了！”警官点点头，正想把狗绳往回拉，可警犬伸长了前腿，宁死不撤。

它又发出一声惨叫。

见状，志穗灵光一闪。

她想起，女尸的皮肤特别光溜。

她对牵着警犬的警官说道：

“这只警犬好像被其他味道吸引住了，它是不是闻到了尸体的味道啊？”

警官一脸迷茫地望着志穗。

他定是在想——

案发现场怎么会冒出个这么年轻的小姑娘?

但他的语气还是比较客气的。

“要是尸体腐败得很严重，倒是有可能冒出特别浓烈的气味，把其他气味盖住。警犬闻到死尸的味道也会很兴奋的。可……这位死者还很干净啊，不至于腐败到那种程度吧。按说警犬不该有反应的啊。”

“可它好像很激动哎。”

警官瞥了警犬一眼。

其他警官也将视线投向了警犬。

警犬刨啊刨，想尽可能接近尸体一些。警官的绳子拉得再紧也奈何不了它。只见它伸长了脖子，不停地哀号，叫得撕心裂肺。

“除了腐败臭，还有没有别的能盖住其他气味的味道啊？能让警犬亢奋的那种……”

志穗追问道。

“嗯……刺激性的气味吧。毒品啦，油啦——”

“油？”验尸官喃喃道。

与此同时，在场的警官们终于理解了志穗的弦外之音。

死者的皮肤太光滑了。当然，这是因为她做了全身脱毛，但光是脱毛，并不会光滑到如此境地。

“啊！是防晒油啊！”

一位警官自言自语道。

志穗接下话茬道：“我猜……被害者是不是擦了防晒油或小麦色的化妆油啊？警犬闻到的就是防晒油的味道吧？”

“我知道防晒油是用来防晒的，可小麦色的化妆油是用来干吗的啊？”副课长问道。

“涂了这种油再晒太阳，皮肤的颜色就会变成很均匀的小麦色。只是——”

“只是？”

“我不明白她为什么要把油涂遍全身呢。无论是防晒油还是化妆油，都不用涂遍全身的呀。只要涂裸露在外的部分就可以了。就算你穿的是比基尼，也只要涂露出来的部位就行了啊。何必连泳衣能遮住的地方都涂呢。”

副课长眉头紧锁，紧咬下唇。他瞥了志穗一眼，随即喊道：“叫鉴识课员来一趟！”

他想让鉴识课员分析一下被害者涂的是不是这两种油。

之后，副课长又转向了牵着警犬的警官，满怀期待地说道：“也许警犬能发现什么线索，不如让它试试看吧。”

鉴识课员在现场忙开了。

而警犬则顺着地面，循着被害者身上的油味，一边嗅一边往前走。

出于好奇，志穗也跟了上去。

狗的嗅觉的确是人类的好多倍。

但沥青路面很干燥，所以气味分散得很快。而且案发现场人来人往的，也会把味道冲淡。

警犬费了九牛二虎之力，才找到被害者身后的树丛。

它把鼻子往树丛里一插，随即汪汪大叫。

警官探头一看，便向鉴识课员们喊道：“喂！快派个人过来看看！”

但警官并不是特别兴奋，他的语气还有些半信半疑。

“发现什么了？”

志穗问道。

“嗯……我也不知道……”

警官含糊其辞。

志穗踮起脚尖一看，只见树丛里有个娃娃。

而且，那个娃娃很有名，志穗小时候也玩过。

那是由佳娃娃。

赤身裸体的由佳娃娃，就这么坐在地上。

“谁会把光着身子的娃娃放在这儿啊？”

“天知道……”

警官也很纳闷。

这个娃娃并不是被人随手扔在这儿的。因为娃娃的双腿朝前，坐得端端正正。谁会在扔娃娃之前给娃娃摆姿势啊。

由佳娃娃的膝关节是不能弯曲的。但它双腿并拢，笔直朝前。

然而——

志穗立刻将娃娃与被害者联系了起来。

树丛里的由佳娃娃，好像长椅上的被害者啊。

——不对……

志穗转念一想。

莫非是被害者好像那个由佳娃娃？

被害者全身上下油光闪闪，体毛一根不剩，的确很像个娃娃。没错，与惹人怜爱的由佳娃娃有着异曲同工之妙。

这么一想……

连可爱的由佳娃娃，都冒出了邪恶的气息。

志穗的后背一阵发凉。

她也说不清这由佳娃娃与被害者有什么关系。然而，直觉告诉她——两者之间，有命运的红线紧紧相连。

那可不是单纯的巧合。

是志穗多心了吗？也许是吧。

但志穗透过赤身裸体的由佳娃娃，看出了本案背后的重重黑云。

这便是这起异样的杀人案——“由佳娃娃连环杀人案”的开端。

志穗清楚地意识到，本案的性质极其特殊……

而警犬，依旧亢奋。

鉴识课员推开警犬，冲进了树丛。

解剖结果

1

第二天下午，警方对女尸进行了司法解剖。

主刀的是T大法医学教师的楠木教授，两名警官见证了解剖的全过程。解剖得出的死亡时间为前一天晚上的十点半至十一点半。

与验尸官在案发现场得出的死亡时间大致吻合。

死者的死因的确是安眠药中毒。死者的尿液中有巴比妥[①]。

膀胱中留有大量的尿液，这也是安眠药中毒的一大特征。

① 用作镇静和催眠药物，适用于治疗神经过度兴奋引起的失眠症，能引起安稳的睡眠。但不宜长期服用，因其会引起全身无力、呕吐、头痛等副作用。可由二乙基丙二酸酯与尿素在乙醇钠存在下经缩合反应制得。

由此可见，被害者服用了大剂量的安眠药。

然而，这些安眠药还不足以吃死人。

“因为天太热了吧——”

楠木教授的分析结果如下：

外界气温一高，人的体温就会随之上升。体温一上升，肠管就会吸收更多的巴比妥，于是血液中的巴比妥浓度就会变高。就算服下的安眠药不足以致死，也会引起中毒症状。

莫非这起案子不是他杀，也不是自杀，而是不幸的事故？

“这不是他杀案啊？”

警官如此问道。但楠木教授没有下定论。

多一事不如少一事。警方自然希望能用“事故”了事，可哪儿有如此疑云重重的事故啊。

楠木教授在解剖过程中发现：

被害者的胃里几乎没有消化物，十二指肠内还有所剩无几的消化物与食物残渣。由此可见，被害者是在饭后四到五个小时死亡的。从死亡时间来看，被害者是在晚上六点到七点吃的晚饭。

问题是，食物残渣的内容。

荞麦面、寿司、沙拉、牛排、布丁……

每种食物的量都很少，但种类倒是很多。这菜单也太乱了吧，她的最后一餐到底吃了什么啊。这一点，也让警官们一筹莫展。

另一个疑点，是被害者颈部的指痕。

楠木教授称，指痕处没有活体反应。

暂不论犯人留下指痕的目的是什么，反正——那是被害者死后留下的痕迹。

警官们又晕了。

掐死人的脖子？这不是莫名其妙吗。要是犯人用的力气很大，那还能用“他对死者怀恨在心”来解释。可犯人只是用五根手指轻轻捏了一下而已啊。他何必多此一举呢？

“这事儿也太荒唐了……”警官很是不爽，“犯人何必来这么一出啊？”

“天知道。我的工作只是陈述事实罢了。调查事实的意义，可是你们刑警的工作哦。”

楠木教授并没有理睬警官的怨言。

“可是——”另一位警官指着死者的颈部说道，“这儿不是有皮下出血吗？而且血液还凝固了哎。”

颈部的软骨组织内的确有出血点，而且那个血块非常硬，用水冲都冲不掉。

“没错，是凝固了。”

“那是不是犯人勒脖子的时候留下的啊？这不是活体反应吗？那就意味着犯人勒她的时候，她还活着啊！”

“此言差矣——”

楠木教授爽快地说道。他用手“劈”了死者的脖子一下，脖子微微一跳。

“在死者死后施加外力，也会引起形似活体反应的出血。无论一个人是生是死，只要一用力，毛细血管就会破裂的。”

研究法医学的人见惯了尸体。他们对尸体的理解与常人截然不同。这不，楠木教授用手劈死者脖子的时候，也是一副满不在乎的样子。

“人类的身体真的很神奇。人早就死了，可组织内部的凝血致活酶还会引起凝固反应，会让死人的血凝固起来。没经验的人就会误以为那是活体反应。”

警官们一脸失落。谁会去掐死人的脖子啊。

这是一个不容小觑的问题。

“这案子真是莫名其妙……”警官喃喃道。

“是啊——”楠木教授一脸坏笑，真不知这有啥好笑的，“这案子真是莫名其妙。”

2

看来这不仅仅是一起“抛尸案”。片区警官们的希望落了空。

但“他杀”的可能性依然存在。

死者服下的巴比妥不足以致死，可那些药片也许是犯人逼她吃下的呢。

莫非是心怀杀意的人故意灌下去的?

那个人并不熟悉安眠药，用药量不足以致死，但气温帮了他的大忙……

警官们不得不疑心重重。因为被害者没穿衣服——这就说明，肯定是有人故意把她带去了公园。

本案中的主要疑点如下：

为什么被害者会全裸着坐在长椅上?

被害者十二指肠中的食物乱七八糟，这到底意味着什么?

犯人为什么要掐被害人的脖子?

留在案发现场的由佳娃娃究竟有什么含义?

不解决这些问题，警方就无法结案。

司法解剖不仅没有帮助警方破案，还让案情更加扑朔迷离了。

要是能查出被害者的身份也就罢了，可警方连一点线索都没有。

警方调查了东京和周边几个县的失踪人口记录，却没有发现与女死者吻合的失踪者。

媒体已经报道了这起案子，但没有人向警方提供有价值的信息。

照理说认识被害者的人一般会主动来到警局配合调查，可这一回，警方还没有见到一个人影。

死者身上留有性交的痕迹。

阴道内没有精液，但她的胸部有唾液。通过唾液，警方推测出：死者在死前的一二小时内有过性行为。

男方的血型为 B 型。

这个 B 型血的男人为什么不出面呢？他为什么要给被害者吃安眠药？又为什么要扒光她的衣服，隐瞒她的身份呢？

一切，还是个谜。

总而言之，目前警方还没有关于死者身份的线索。

鉴识课的报告几乎没有用武之地。除了男方的血型，其他结论都没有实际意义。

而且案发现场的遗留物品也很少。

警方没能采集到有价值的指纹，也没有发现任何脚印。

被害者颈部的确有指痕，但鉴识课无法从人类的皮肤上提取出指纹。

被害者身上果然涂了防晒油。

这种油能有效吸收 UVA（长波）和 UVB（短波），在全国各地的商店都能买到。

换言之，警方无法通过防晒油查出被害者的身份。

为什么被害者要在全身涂抹防晒油，而不是只涂裸露部位呢？这也是一个谜。

留在案发现场的由佳娃娃与案情是否有关还有待商榷，但警方姑且查了一下。

爱宕警署与三田警署的刑事课正忙着调查“芝公园连续纵火案”，没工夫调查这种“抛尸案”。

死者虽然死于巴比妥中毒，但死者并没有服用过量的药品，所以警方也无法断定这是一起他杀案。

真是一起莫名其妙的案子。

但片区警署认定，这起案子不用请警视厅出马。

志穗是诱饵搜查官，照理说她是不用调查这类案件的。去参加伏击行动，也只是为了凑个人数而已。

然而，特别被害者部手上没有其他案子。与“芝公园连续纵火案”的专属探员们相比，她的时间要充裕得多。

而且她参与了本案的初期调查。回过神来才发现，调查这起案件的重任落在了她的头上。

当然，片区警署通过特被部的远藤部长，正式将本案委托给了志穗。可志穗总免不了有些“上了贼船”的感觉。

她倒不是闹别扭，只是这案子的疑点太多，天知道她付出的精力能不能有回报。就算她运气好，把案子给破了，搞不好也是桩普通的“抛尸案”。

——他们倒是把责任撇得一干二净了啊。

志穗很是不爽。

恐怕……

因为本案的关键物证是“由佳娃娃”，所以警署的大老爷们懒得折腾了吧。

“开什么玩笑，凭什么让我去调查由佳娃娃啊……”

袴田见志穗如此不悦，安慰道：“哎呀，有什么关系嘛，你就当是去散散心呗。这活儿一定很轻松。”

不，他这不是安慰，而是“事不关己高高挂起”。

“袴田大哥，你是我的搭档哎，稍微帮我一下也不碍事的吧？”

“我是你当诱饵时的搭档。让我去调查由佳娃娃，还不如一枪崩了我呢。”

“……”

说完，袴田便开溜了。

无可奈何之下，志穗只得独自调查这个要命的由佳娃娃。

由佳娃娃

1

由佳娃娃于昭和四十二年（1967）上市。它是少女们的心头好，大卖了整整三十年之久。

在那之前，少女们最喜欢的娃娃莫过于美国产的芭比娃娃。但由佳娃娃一上市，就夺走了芭比娃娃的人气。

这是为什么呢？因为芭比娃娃是金发碧眼八头身，与现实生活中的少女相距甚远。

而由佳娃娃是个小学五年级的小姑娘，长着黑眼睛，有一头亚麻色的头发，身高也是五头身，颇有些真实感。

由佳娃娃上市后的第二年，厂家又推出了由佳的朋友、妹妹、弟弟等角色，两年后还推出了“由佳的妈妈”。“初代由佳妈妈”年轻貌美，是一位时装设计师。她的人气仅次于由佳本人。

打那以后，由佳系列经过了好几次更新换代（比如厂家曾推出过“生龙活虎的由佳”，这一款娃娃的皮肤呈小麦色，穿的衣服则是泳装或网球裙），人气依然不减当年。

厂商在销售娃娃的同时，还推出了“由佳小屋”“白色家具”等配件，牢牢抓住了少女们的心。这也是由佳娃娃大获成功的关键。

昭和四十年前后正是日本经济飞速发展的时代。“由佳小屋”“由佳公寓”“由佳新居”“由佳大屋”……新产品接连问世。末了，厂商甚至推出了一款叫“由佳大宅门”的附件呢。

从某种层面看，在日本的经济高速增长时期，日本的家庭几乎是由“母亲和孩子”组成的。因为父亲们都在公司里卖力工作。直到平成元年（1989），由佳的爸爸（法国作曲家）才粉墨登场。

在六十年代末到九十年代的日本，由佳娃娃就是“少女的梦想与欲望”。

然而——

为什么由佳娃娃会出现在芝公园的案发现场呢？

那个由佳娃娃与被害者一样，赤身裸体，摆出坐姿。

这个娃娃，与案件有着怎样的关系？还是说，它的出现，只是个巧合而已？

志穗很是好奇。

为了解开这个疑问，她决定先去由佳娃娃的生产商跑一趟。

八月五日，星期三。

这才上午十点，气温居然已经突破了三十度。

不快指数百分之九十。

东京都的大坝出水率不足百分之六十，政府即将发布限水令。

今年夏天的用电量将创下东京都的新纪录。

东京电力通过各路媒体号召市民们节约用电……

生产由佳娃娃的公司的总部，位于东京的青山地区。

那是一栋六层高的时髦大楼。

一楼是展示厅。由佳一家、由佳小屋与各类配件琳琅满目，目不暇接。

志穗小时候也玩过这种娃娃。

但在志穗看来，这间展厅的氛围极其异样。

由佳娃娃追求的是“可爱”，仅此而已。

然而，只追求“可爱”的少女是何等可怜。

展厅的一角有会客区。

宣传部的负责人接待了志穗。

那是位看上去很实诚的中年男性。

志穗拿出了案发现场的由佳娃娃的照片。

“哦，这是昭和五十年上市的第四代由佳娃娃。这种由佳娃娃的膝关节不能弯曲。当时我才刚进这家公司呢。”

男子一看照片，便不假思索地回答道。

“昭和五十年啊……”志穗很是意外，“那它岂不是有点年头了？”

“是啊，至少二十年吧。唉，岁月不饶人啊……”

“那……现在还能在店里买到这种娃娃吗？”

“嗯……地方城市的玩具店可能有旧版的吧，可第四代由佳实在太老了，恐怕不好买啊。也许娃娃的主人在很小时候买了个娃娃，一直悉心保管到现在……”

“制造由佳娃娃的工厂会不会有存货啊？”

“不好说……当年是小作坊小工厂的全盛时期，东京的墨田区就有很多专门制造玩具的小工厂。有几十家工厂做我们公司的订单呢。可墨田区的工厂几乎都倒闭了，不剩几家了。”

“那现在贵公司的产品是在哪儿生产的啊？”

“泰国啦，菲律宾啦——”男子微微皱起眉头，“这也是时代的大潮啊，我们也没办法。”

“……”

“你呢？你小时候有没有玩过由佳娃娃啊？”

“玩过，我一直很向往由佳这样的生活。”

“我们当年也是啊。我也想让女儿过由佳那样的生活，所以啊，我拼命工作，还以为只要拼命工作，愿望就能成真了。”

“……”

“我想方设法把女儿送进了私立学校，还送她去学了钢琴。我还贷款买了郊区的房子呢。虽然我老婆不是设计师，我也不是法国作曲家，但我已经努力了。当年的家长都是这样的。”

“……”

“可我女儿都懒得跟我说话。她今年上高二，每天都要在外头玩到很晚才回来，还会给那些不三不四的店打电话。唉……我年轻时忙得不得了，现在倒能准点回家了。因为我从销售部调到了宣传部，没以前那么忙了。可我跟女儿还是见不着面，一见面就吵架——”

“我当年也是这样的，一见到父母就吵架。家家户户都是这样的啦。”

志穗撒了个善意的谎言。她的父亲已经不在了，但她和住在小樽娘家的母亲非常要好，亲如姐妹。她也会经常打电话回家跟母亲聊天。

“说不定由佳也会跟她的父母吵架呀。”

“也许是吧——”男子不想再说这些烦心事了，他把头一别，用生硬的口吻说道，“你还有别的要问吗？要是没有，我就不奉陪了……”

2

第二天——

八月六日，星期四。

今天怕是也凉快不到哪儿去。

志穗一起床，便给身在小樽的母亲打了个电话。

“妈妈，我以前是不是有个由佳娃娃啊？你还能找得到吗？”

“由佳娃娃？不知道啊。大概塞在哪个抽屉里了吧，我也不知道它在哪儿哎。由佳娃娃怎么啦？”

“嗯……我就是想找出来看看。”

“你都一把年纪了，还玩什么娃娃啊。你啊，也该为自己打算打算了。你还记得你的同班同学富田吗？个子高高的，长得还挺帅的——”

“帅个屁啊，长得跟比目鱼似的。”

“哦……他的眼睛的确分得挺开呢，可是他的个子是很高呀。那个富田啊，回老家过暑假了。还特地给我打了个电话，打听你现在在哪儿工作呢。那孩子肯定对你有意思。听说他在东京的M公司工作哎，那可是一流大企业呀，要不你们处处看？”

“我忙得很，没工夫搞这种事。想看比目鱼，直接去水族馆就是了。”

志穗立刻把电话挂了。

母亲很担心在东京独居的志穗。志穗没有老实交代她的工作内容，只说了“我的工作与警方有关”。这么一听，为人父母的自然会担心。

知道母亲在为自己担心，志穗心里自然是暖洋洋的。可母亲一提起婚事，她就气不打一处来了。

志穗还不想结婚。

她一边泡咖啡，一边思考由佳娃娃的问题。

案发现场的由佳娃娃是昭和五十年上市的版本。

是第四代由佳娃娃。

昭和五十年——二十多年前。

对照厂商提供的宣传手册，便知志穗小时候玩过的由佳娃娃是“第六代”。

那是昭和五十七年上市的“出门散心的由佳”。

志穗在十多年前买了那个娃娃。

可母亲都不记得她把娃娃放在哪儿了。

少女们对由佳娃娃爱不释手。可她们也会在成长的过程中，将由佳娃娃抛之脑后。

因为世界上并没有由佳这样的女孩，少女们绝对无法成为第二个由佳（妈妈是设计师，爸爸是法国作曲家）。少女们不得不面对残酷的现实。她们会迎来初潮，从少女变成女人。不知不觉中，由佳娃娃便会从她们的记忆中烟消云散。

二十年的岁月，足以让少女变成女人，也足以让由佳娃娃湮没在抽屉的角落。

——这可怎么查啊。

志穗长叹一声。

——二十多年前的事儿，要从何查起啊。

她不可能查到那个由佳娃娃的主人。要是动员几十名专属探员帮忙，倒还有一线希望，不幸的是“由佳娃娃搜查本部”只有志穗一个人。

她只能放弃。

只是——

案发现场发现的由佳娃娃虽然是二十年前的老东西，但它的保存状态相当好。

由佳娃娃是用软塑料做成的。上身、下身与头部可拆卸，腰部也能旋转。只是，它并不牢固。

而案发现场的由佳娃娃不仅没有损伤，还光洁如新，连个污渍都没有。

由此可见，娃娃的主人一直悉心保管着这个娃娃。谁会把自己的宝贝丢在案发现场呢？这就意味着娃娃不是被“丢”在那儿的，而是被“放”在那儿的——是某人故意所为。

然而——

即便如此，志穗也不能立刻将由佳娃娃与女尸挂上钩。

志穗陷入了沉思。

当她想起手上的咖啡杯时，里头的咖啡早就凉了。

3

志穗把一整天都花在了由佳娃娃上。

没人会帮助她。她只能靠自己。

出门后，她立刻赶往片区警署。

警署的刑事课员们忙着调查“芝公园连续纵火案”，几乎没人记得公园里的奇异女尸。

鉴识课的报告早就出来了，可没人把鉴定结果告诉志穗。

谁都不在乎那个由佳娃娃，也不在乎志穗。

没人给，那就只能自个儿拿了。

“娃娃是用软塑料做的，所以采集指纹还是不成问题的——”

“女人”在鉴识课可是稀客中的稀客。这不，快要退休的鉴识课长居然亲自出马，给志穗泡了杯大麦茶。

“有新鲜的指纹，也有比较老的指纹。我们把指纹送去警视厅指纹中心对照了，可没有找到一致的。”

“除了指纹，还有没有找到其他东西啊？”

“有啊，”课长爽朗地回答道，“娃娃的躯干表面附着着一小片白色蕾丝纤维，应该是娃娃的衣服吧。大概是给娃娃脱衣服的时候留下的。”

“……”

“除此之外，我们还在娃娃的头发里发现了一个直径二十微米的小金属球。”

“二十微米……”

志穗对“微米”毫无概念，反正……那就是个很小很小的金属球。

“嗯，那是个很老的金属球，还生锈了呢。貌似是焊接金属时跟火花一起飞出来的。这就说明这个娃娃在搞焊接的地方待过。对了，娃娃躯干的一部分有点焦。不过不仔细看是看不出来的——”

“会不会是被焊接时产生的火花烤焦的啊？”

“这……就不好说了——”

“那您有没有发现与案件有关的线索呢？”

“案件？那个奇怪的女尸吗？”

“是的，娃娃身上有没有血迹之类的东西啊？”

“没有啊——”课长摇了摇头，“干吗？莫非你觉得这个由佳娃娃和女尸有关？”

“不不……只是……由佳娃娃也没穿衣服，也是坐着的——”

课长一脸迷茫，喃喃道：“是吗……”说完，他还拿起了桌上的照片。

那是刚发现由佳娃娃时拍摄的现场照片。

“还真是哦。可……是不是你多心了啊？这是个巧合吧。”

“嗯，我也希望这是个巧合，可……”

她本想说“可我就是很好奇”，但还是把这句话咽了回去，抿了抿嘴唇。

见状，课长问道：“要不要再来一杯大麦茶啊？是我老婆煮的，我每天都会用保温瓶背过来。我总跟她说，我要喝就直接买罐装的了，可她就是不肯，非要我带她煮。嗨，她年轻时也这样——”

课长很是得意，嘴巴都合不拢了。

“婚姻是个好东西啊，少年夫妻老来伴嘛。你啊，也快点找个好人家嫁了吧。到时候啊，你就不会胡思乱想了。”

没想到鉴识课也有伏兵啊——看来今天是全国性的“让志穗快点出嫁日”。

志穗拗不过课长，只得连喝三杯大麦茶。

离开鉴识课后，背后忽然有人喊住了她。

“呃……我想报失踪案，该去哪个部门啊？”

来人是个三十来岁，消瘦寒酸的男人。他穿着颜色鲜艳的夏威夷衬衫，还戴着银手镯，无奈衣服跟饰品都与他的气质格格不入。

“失踪？您家有人离家出走了吗？”

“我也不知道她是不是离家出走了……反正她一直没回家。哦，我说的是我老婆。她平时不会离家这么久的。”

“夫人一直没回家吗？”

“是啊，她还很年轻，而且……不是我王婆卖瓜自卖自夸啊，她长得还挺漂亮的。我担心她是不是出了什么事儿——”

男子一本正经地说道。

此人的确一脸担忧，整个人也显得更寒酸了。

平时的志穗怕是会险些笑场，可今时不同往日。

年轻漂亮的女人——

在芝公园发现的女死者不就是这样吗？

“她是什么时候失踪的啊？”

志穗赶忙问道。

“昨天……她昨天下午去了芝G游泳池，然后就再也没回过家。”

听到这话，志穗立刻没了干劲。

为什么呢？因为公园里的女尸是三天前出现的，昨天失踪的人肯定与案子无关。

志穗有些失望，但对这位寒酸相的老公而言，这也算是天大的好消息了。

“警署有一个部门叫‘少年课’，您可以去那里报案，会有人帮您处理的——”

说着，志穗便走开了。

实不相瞒，警方很难在失踪案中有所作为。

要是失踪者与案件有关，或是有可能自杀，警方自然会采取行动，但要是普通的离家出走，警方就只会用电脑登记一下，并不会主动帮忙找人。

这个男人虽然一脸寒酸，但他真的在为妻子担心。

他一心指望警方帮忙，可警方帮不了他。身为警界的一员，志穗也产生了些许负罪感。

换言之，“由佳娃娃”这条线算是断了。

这条线索本来就很“细”。一断，志穗就更是无从下手了。

有一位大学教授从社会学的观点对由佳娃娃进行了分析，还出版了一篇散文风格的论文。

他的名字叫渊泽，是T大的教授。

他是日本唯一一个专门研究由佳娃娃的人。

志穗抱着最后一线希望，联系了他。

她先打去了T大，谁知教授去国外度假了，连大学的工作人员都联系不上他。

但志穗没有失望，她本来就没抱太大的希望。

她随便找了家文具店，买了信封与信纸，又找了家咖啡厅坐下。

她给渊泽教授写了封信。

她在信中尽可能详细地描述了案件的情况（因为有些细节是警方的机密，不便透露），还提到了案发现场发现的由佳娃娃。

如果您有什么线索，麻烦您立刻联系科学搜查研究所“特别被害者部”的北见志穗。我们素未谋面，我也知道突然提出这种要求很不礼貌，还请您多多包涵。

这便是求助信的最后一段话。

不过……就算教授对志穗不理不睬，志穗也不会太伤心。

就算渊泽教授是研究由佳娃娃的权威，他也不一定能提供帮助破案的关键线索。

更何况现实世界中的案件纷繁复杂，岂是纸上谈兵的学者能随便破得了的。

素未谋面的大学教授，岂会对一个特被部的搜查员出手相助呢。

她并不期待教授的回信。

但她别无选择。

她走出咖啡厅，前往邮局。

午餐时间已过。

但她不觉得饿。

天太热了，一点食欲都没有。

可不吃东西，就没有力气查案。

去便利店随便买点东西垫垫吧。

便当是肯定吃不完的。

搞个面包好了。

忽然，志穗停下脚步。

——便当！

脑中灵光一闪。

解剖结果显示，死者十二指肠中还有未消化完的食物。

荞麦面、寿司、牛排、沙拉、布丁……种类很多，也很乱。

要是知道死者生前的最后一顿饭是在哪儿吃的，也许就能搞清她的身份了。可她肚子里的东西这么乱，要警方从何查起呢。

片区的警官们为此伤透了脑筋。

要是死者生前吃的是便当呢？

便当里的食物多种多样，但每一种的量都很少。被害者肚子里的食物也是如此啊!

而且——

在本案的相关人员中，有一个与便当息息相关的人。

他就是第一个发现尸体的高濑邦男。

他在大田区的大森制造便当，每天中午再开着面包车，把便当拉到芝公园附近卖掉……

从天而降的女人

1

志穗顾不上吃午饭了。

她立刻打电话去了片区警署的刑事课。

接电话的是个姓刈谷的年轻刑警。

他们并不熟，只是相互认识罢了。

“哦，是你啊。怎么啦？娃娃那边有进展不？”

照理说他应该在查连续纵火案，不过他接电话的态度还算不错。

对志穗而言，这可是稀罕事儿。

在呈金字塔形的警界中，并没有特被部的一席之地。无论特被部的调查官去哪儿帮忙，其他警官都会将他们视作眼中钉，肉中刺。

但这次的情况比较特殊。片区的刑事课忙着对付“芝公园连续纵火案”，没工夫管公园里发现的女尸。

他们认定，这案子八成是普通的“抛尸案”，没什么调查的价值。而志穗，则是抽中下下签的“可怜人”。

所以他们自然会同情志穗。

志穗打听了高濑邦男的详细情况。

“啊？你在怀疑他啊？他只是发现尸体的人啦，没什么问题的——”刈谷笑道，“再说了，他有不在场证明的呀。”

“不在场证明？”

“嗯，那天晚上不是有好几对警官在芝公园周围巡逻吗？附近的大楼屋顶还有摄影机候着呢。可录像里并没有拍到高濑。高濑是停电前不久进的公园，所以摄影机才没有拍到他。他根本没时间把那个女人怎么样啊。”

“如果高濑邦男是跟被害者一起走进公园的呢？”

“不可能。那个女人吃了安眠药，就算能走，也是摇摇晃晃的。她根本没法自己走路啊。所以她不可能跟高濑邦男一起走进公园。公园周围有好多警官候着哎。要是看见形迹可疑的情侣，警官肯定会上前盘问的。既然没人盘问，那就说明女死者是犯人用车运过去的——”

“高濑的面包车就停在公园外面啊，而且那辆车离死者坐的长椅很近。他就不能把死者留在车里，自己跑去喝酒吗？因为死者吃了安眠药，带不走嘛——”

“你的意思是，他回到车里一看，女的已经死了，于是他就慌了。就在这时，周围正好停电了，他就一不做二不休，把女人放在了椅子上，假装自己是第一个发现尸体的人？”

“没错，这种情况也是有可能的呀。”

“不，你错了，”刈谷断然否定，“谁会把一个吃了安眠药昏昏沉沉的女人撂下，一个人跑去喝酒啊。为保险起见，现场的警官查了高濑体内的酒精含量。他的确喝了不少。他的车也一直停在那儿。十点多在公园附近巡逻的警官能帮他做证。”

“……”

“当时警官们都在等那个纵火犯，一旦发现可疑车辆，巡警都会仔细调查的。要是车里有个吃了安眠药昏迷不醒的女人，警方怎么会不知道呢。解剖结果也显示，死者的死亡时间是当晚十点半以后，所以警官调查面包车时，她还活着。她根本不在那辆车里——”

“……”

“我不知道她是‘死了之后被搬上了长椅’还是‘死在了长椅上’，但她肯定是被人搬过去的。我刚才也说了，有摄像机在不间断地拍摄公园的情况。录像里有几对情侣，也有几个高中生。情侣们都是勾肩搭背，但女的都挺正常，没有一个是摇摇晃晃的啊——”

“会不会是男凶手伪装成了她的男朋友，把她扶到了长椅那儿啊。”

“这倒是有可能……”

“那些情侣的身份有没有问题？都查过老底了吗？”

“查得到倒好了——”光听声音就能猜到，刈谷皱起了眉头，“深更半夜的，摄影机离公园也很远，所以录像不是特别清楚。光凭录像，很难查清那些情侣的身份啊。而且我们想找的是纵火犯，而不是情侣，所以盯梢的警官们都不会去关注成双成对的人。”

“……”

“有人在停电前开车来到了公园。他装成女死者的男朋友，把她扶到了长椅上。当时那个女人已经奄奄一息了，要么就是死了。而那个男人并不想让别人知道他们的关系。说不定啊，他们在搞婚外恋，而且是很要命的婚外恋。女的吃安眠药中毒了，吓得男的手足无措。就在这时，公园停电了。那个薄情的男人就趁机把女人撂在了公园里——我猜啊，这案子大概就是这么回事吧。”

“这推理也太随便了吧——”

“有吗？也许是我没解释清楚吧。我们正忙着追查纵火案呢。毕竟是两个警署的‘联合搜查本部’嘛，总免不了要竞争一下。我还听说啊，要是再出一起纵火案，警视厅的家伙就要出马了。我们可不想受警视厅的颐指气使啊。我们必须靠我们自己的力量结案。那个女尸就没那么重要了，就算结了案，充其量也是个‘抛尸’的罪名。大概会分给少年课处理吧。”

“现在就认定那是一起‘抛尸案’未免太草率了点吧。她的颈部不是有指痕吗？”

“话是这么说，可她的死因终究是安眠药啊。掐她的人也许有杀意，可那人掐的时候，死者已经一命呜呼了啊。能不能用‘损坏尸体’的罪名起诉还是个问题呢。而且死者也没有服用太多安眠药，她会中毒而死，也是个巧合。由此可见，这桩案子根本没有调查的价值嘛。”

“谁会去掐死人的脖子啊？为什么要让一个死人坐在长椅上呢？”志穗仍未释然，“被害者体内的食物也是乱七八糟的……”

“啊，”刈谷笑道，“难怪你会盯上高濑。他是卖便当的呢。”

“被害者体内有许多种食物，但每种食物的量并不多。便当不就是这样的吗？”

“话是这么说啦——可做便当的时候也不会把荞麦面、寿司、牛排、沙拉还有布丁凑在一块儿啊。哪儿有这么乱来的便当啊。”

“没有吗？”

“肯定没有。而且啊，要是高濑真和被害者有关系，他又何必当第一个发现尸体的人呢？直接逃跑不就结了，那样还安全点呢。”

“我觉得他是想逃的，可是在公园门口撞见了刑警。他不得不跟刑警汇报，否则警方头一个怀疑的就是他。于是他就成了第一发现人。”

“这种说法倒也有几分道理，”刈谷略显不快地说道，“可……你就不觉得你想得太复杂了吗？”

“也许吧，但我想亲眼确认一下。”

志穗绝不让步。

“好吧，你爱怎么查就怎么查吧。反正我这儿有足够的证据证明高濑的清白。”

“哦？”

“你还记得吗？在被害者胸部留下唾液的人是 B 型血。但高濑是 O 型血。高濑在血库登记过。那家伙绝对是 O 型血，你就别瞎指望了。”

“……”

志穗懵了，一句话都说不出来。

死者临死前有过性行为，外阴部有性交时特有的擦伤。

照理说，她的性交对象，应该就是把她搬到公园长椅上的人。

与她性交的人是 B 型血，但高濑邦男是 O 型血。由此可见，高濑不太可能是“抛尸案”的犯人。

然而，志穗硬是要争一口气。

“能不能把高濑邦男的地址告诉我啊。”

她还是想亲自调查一下高濑。

2

高濑邦男的家兼便当制造处位于大田区大森东 X 丁目。

志穗立刻往他家赶去。

从地图上看，他家就在铁工住宅区所在的昭和岛旁边，中间隔了一座桥。

志穗不太熟悉大田区，好在JR大森站有前往昭和岛的循环公交车。坐车去，是最快的方法。

她从都营三田线的“芝公园”站上了车，来到新桥，换乘JR。

她在大森站的公交站等了好久好久。

前往昭和岛的公交车班次极少。

看来，昭和岛已成大都会中的孤岛。

志穗好容易等到了车。

一下车，她便大汗淋漓。

眼前是一条运河。

是京滨运河吧。

河水是如此凝重，很是浑浊，显得黑乎乎的。

反射着太阳光。

河对岸是流通中心的仓库群，中间则是首都高速的高架。

志穗走在高架的右边。

马路很宽。

却没几辆车。

一路上都没见到几个人。

灰倒是大得很。

何等荒凉，何等煞风景。

——简直跟废墟一样。

志穗忽然心想。

而且，这里并非过去的废墟，而是未来的废墟。

现实中，也有废墟。

这时，志穗看到了一栋装了铁板屋顶的平房。房子很大，周围的杂草甚为繁茂。它的窗户都用木板封死了，门口也拴着锁链，门柱上挂了块写有“昭和岛配餐中心”字样的招牌，看上去岌岌可危，随时可能落地。

这个地方的采光不错。最近没怎么下雨，建筑物旁边的杂草却是郁郁葱葱，大有占领马路的势头。

——这到底是为什么呢?

志穗有些疑惑，但她很快将这件事抛之脑后了。

昭和岛上有铁工住宅区，也有废水处理厂，但没有个人的住宅。

也没有一个居民。

一入夜，这里就会变成荒凉的无人岛。

上车前，志穗特地去了趟大田区的入新井图书馆，查阅了昭和岛的资料。

大田区的蒲田与大森是传统的工业区，其历史能追溯到大正时代。但昭和四十年之后，这里被逐渐改建成了住宅区，于是工厂的噪音与废弃物就成了很严重的民生问题。

为此，蒲田与大森的工厂将厂房纷纷搬至京滨岛、城南岛、昭和岛等人工岛上，并在岛上建设了员工住宅区。

这些人工岛，也算是大田区的“出岛”[①]了……

志穗继续往前走——

她看见了一个棒球场。

沿着棒球场继续往前走。

便是一座桥。

上面写着：大森东避难桥。

桥边有一个壮观的红色水门。

那就是昭和岛的尽头了。

志穗走过大桥。

一个小镇映入眼帘。

与大桥相连的大直道两侧，全是小规模的工厂。

人也比刚才稍微多了些。

但还是了无生气。

许多工厂处于停工的状态。

到处挂着“厂房出租”的招牌。

好冷清的小镇啊。

她仍有种行走在废墟中的错觉。

这里就是大森东X丁目。

高濑邦男的便当制造处就开在这种地方吗？

① 长崎市的地名，是一座扇形的人工岛，建于1634年，专门用来收容葡萄牙商人，也是日本锁国时代唯一的对外贸易区。

志穗很是意外。

她脑中描绘出的是更热闹、更有平民区氛围的小镇。

她很快找到了高濑的便当厂。

高濑租的房子也是个小工厂，破破烂烂铁皮屋顶格外显眼。房门口还挂着块招牌，写着“高濑便当”四字。

房门口停着辆面包车。

便当制造处没有店面。

厨房就在路边。

志穗探头一看……

里头有三四个中年妇女。

今天的便当好像已经做完了，她们都在收拾东西。

有人在搬运装好了的便当，有人则把蔬菜放进了大号冷柜里。泥地上放着好几个大号圆筒与大锅。一个女人在用水管冲洗里面的食材。

她们是在这儿打工的家庭主妇吧，每个人干起活来都那么麻利。

屋里还有两个男人。不过，在这个作坊里，男人反倒成了少数派。

这不，他们一直在挨骂。

“佐久间，洋葱得切小一点儿，否则没法用！”

“师傅，那些生菜不能放冰箱！已经不太新鲜了，说不定都坏了！一会儿我去闻一下，你先放那儿别动——”

而男人们只得战战兢兢地照办。

佐久间貌似是个学生，被主妇们呼来喝去也就罢了。可一把年纪的厨子也好不到哪儿去。看着看着，志穗都开始同情他了。真够滑稽的。

就在这时，一个略显丰满的女人察觉到了志穗。

她笑道："我家那口子也是这样。男人啊，就是这么蠢。吃的东西有没有坏，闻一下不就知道了吗？可他连食材新鲜不新鲜都看不出来。"

鼻子上都挤出皱纹了。

"是哦——"志穗点头敷衍了一下，随即问道，"请问高濑先生在吗？"

"社长不在，他去芝公园卖便当了。"

"……"

志穗太大意了。

高濑每天都会开着面包车去芝公园卖便当。下午这个点儿来工厂找他，可不得扑空吗？

——白跑一趟了啊。

志穗追悔莫及。

这时，胖女人问道："你要订便当吗？"

"呃，嗯……"

志穗点点头，她都懒得表明身份了。

"这样啊，那——"她环视四周，拿起厨房操作台上的一张纸，递给志穗，"这是我们家的便当菜单，你拿回去慢慢看吧。社长不在，我们也会照订单做的——"

“谢谢。”

志穗接过菜单。

菜单貌似也是手工制作的。上面有便当的照片，旁边则是手写的品名和价格。复印纸上还有些油渍呢。

便当的种类倒是不少，只是……每一种都很普通。

幕内便当、中式便当、猪排便当、鲑鱼便当、肉排便当、日式便当、牛排便当……

志穗大失所望。

片区的刈谷说得没错。荞麦面、寿司、牛排、沙拉、布丁……没有人会把这些东西放在同一个便当盒子里。找遍全日本，都找不到这样的便当。

“您这儿没有寿司和荞麦面吗？”

志穗抬起头来问道。

“寿司？您说的是手卷或稻荷寿司吗？”

“不不——”

被害者体内留有醋饭与金枪鱼，所以她吃的应该是金枪鱼的握寿司。

“握寿司？”

“嗯。”

“不好意思啊，我们家不做生食的。万一有人吃成食物中毒就麻烦了。”

“那荞麦面呢？”

“也没有呢，不好意思呀。这种东西便利店有卖的嘛。我们这种杂牌，怎么可能抢得过便利店呢。”

“那……我可以指定便当里的菜式吗？”

“可以啊，只要不是生食就行。要是有人吃出食物中毒，我们就得停业整顿啦。”

“也是哦——”

志穗莞尔一笑。

刈谷警官果然没说错，便当作坊是不会把寿司、荞麦面和牛排搁在一起的，哪儿有这种莫名其妙的便当啊。

仅仅因为残留在被害者十二指肠中的食物就怀疑到高濑头上，未免太轻率了些。

志穗还忘了高濑白天会出门卖便当，跑到大森来扑了个空。算了，就算高濑在家，志穗也问不出个所以然来。

“……”

志穗呆立了一瞬。

这一带聚集了好多小工厂。

可是，这儿也太安静了吧。

小工厂鳞次栉比，但志穗听不见丝毫机械运转的声音。三分之一的工厂都处于停工的状态，马路上也是空荡荡的，连个人影都没有。

现在才傍晚四点，镇里却跟深更半夜似的冷清。

马路快被阳光烤裂了，泛着白光。唯有“高濑便当”门口有一摊黑乎乎的水，那是用来冲洗食材容器的水。一条消瘦的流浪狗凑了过来，用舌头舔了两口。

寂寞的小镇，寂寞的野狗——

还有，寂寞的志穗……

3

志穗定是露出了大失所望的表情。

作坊的大妈赶忙说道：

“不好意思啊……”

“不不，没关系。”

志穗只能挤出一张笑脸。

“要是能直接在这儿开店，做生食倒是不碍事了。可我们社长啊，胆子特别特别小。他也吃了不少苦呢。他十六岁那年就离开了老家，跑到东京来闯荡，好容易在蒲田找了份工作吧，可工厂又莫名其妙倒闭了。我看您还挺年轻的，应该不知道‘集体就业’是怎么回事吧？”

“……”

“那时我还小呢，应该是昭和三十年前后的事儿吧。从初中毕业之后，学生们就会成群结队地到东京来工作……这就是‘集体就业’。

别看蒲田和大森现在这么冷清，想当年啊，工厂的生意可红火了。我就是在这一带出生长大的，记得可清楚了——”

大妈遥望远方，追忆她的少女时代。

“当年啊，每家工厂都缺人手。根本不存在找不到工作的情况。初中文凭的劳动力都是摇钱树。我们社长就是集体就业的最后一代吧。可是啊，社长没干多久，工厂就倒闭了，他只能去昭和岛的配餐中心工作。后来他好容易凑够了钱，就开了这家便当店——”

“……”

“便当店虽小，可好歹是社长自己的公司呀。他最怕的就是便当出问题，成天担惊受怕。嗨，穷人的胆子都很小的啦。”大妈忽然意识到了自己的饶舌，便别过头去说道，“所以啊，我们这儿是不卖生食的。我们社长总说，咱们这样的穷人无依无靠的，天知道什么时候会出事，多可怕啊。唉，他也是一朝被蛇咬，十年怕井绳，谁叫他工作的第一家工厂是莫名其妙倒闭的呢。不好意思啊。反正啊，我们就是不做生食。”

大妈的口气很是郑重其事。

恐怕这位大妈也有与高濑相似的人生经历。支撑着日本经济的小工厂正在不景气的浪潮中风雨飘摇，大家的日子都不好过。在这一带出生长大的大妈，想必也吃了不少苦。

志穗很理解她。

她道了谢，离开了“高濑便当”。而大妈也一直没把头扭回来。

将被害者体内的食物直接与高濑的便当联系起来，好像太过鲁莽了一些。

志穗竟在调查过程中触及到了一个女人的痛苦往事。

当然，志穗并没有揭人伤疤的权力——谁都没有这样的权力。

每每遇到这种情况，志穗都会埋怨自己的工作。

由佳娃娃的线索算是断了。志穗特地跑了趟大森，却徒劳而返。

昭和岛上依然冷冷清清，马路上尘土飞扬。

志穗的脚步，是如此沉重。

她都懒得等公交车了。

可路上也没有出租车。

这时，她忽然想起来这儿的半路上瞥见了城铁的“昭和岛”站。

——对了。坐城铁回去好了。

城铁从羽田机场出发，开到滨松町。在“昭和岛”上车之后，直接坐到终点站“滨松町”就是了。

志穗朝车站走去。

昭和岛的车站都透着一股寂寥。

在站台上等车时，双腿跟灌了铅一样沉重。

城铁车厢里挤满了人。

志穗正巧碰上了晚高峰，还有不少刚下飞机的旅客。

车上没有空位。

她抓着扶手，遥望窗外。

——那具女尸到底是谁呢?

志穗陷入沉思。

被害者的尸体是三天前发现的。她结婚了吗？不，应该没有吧。要是她平时有戴婚戒，那么她的手指上肯定会有痕迹，就算犯人把戒指摘掉，痕迹也不会立刻消失。

这就意味着被害者极有可能过着独居生活。然而，就算她平时一个人住，也得跟许许多多的人接触啊。再孤独的人，也不可能在不接触他人的情况下生活。更何况，她是如此年轻貌美，整整三天联系不上她，难道就没有人去报警吗?

一个年轻女人，赤身裸体坐在芝公园的长椅上，死了。

这可不是司空见惯的案子。

因为本案不太可能是他杀，所以媒体并没有进行大肆报道。即便如此，这依然是一起极其戏剧性的案子。

难道死者身边的人没有发现她失踪了吗？没有发现她就是那位可怜的死者吗?

警方至今没有收获有价值的情报。

这究竟是为什么?

——就好像，被害者是从天而降的女人一般……

就在这时。

列车忽然停了。

窗外的东京已被夜幕笼罩，灯火通明。

而夜景中，有好几块漆黑的区域。

又停电了啊。

车厢中的灯还亮着，但车站断电了。

于是列车就停了。

"……"

志穗不禁回忆起发现那具女尸的夜晚。

不知为何，最近东京经常停电。

入夏后，居民的用电量水涨船高，可是东京的电力系统并没有那么脆弱。

恶劣的天气的确会切断输电网。除非各项条件差到极点，否则东京是不会停电的。

再说了，最近这几天关东地区既没下雨，又没刮台风。

可东京地区依旧会不时停一次电。

东京电力称，他们正在调查停电的原因。专家认为，停电很有可能是电脑控制系统的故障所致。照理说这种事是不可能发生的。谁知不可能发生的事情偏偏发生了——这也许是世间大乱的征兆吧。

志穗抓着扶手，等候电车重新启动。

她旁边坐着两个年轻女人。

志穗很是疲惫，只能有一句没一句地听她们聊天。

她们在抱怨自己的工作。

腰酸背痛腿抽筋；客人各个自说自话；生活不规律，搞得皮肤越来越没光泽了；给的钱也少；飞机餐已经吃腻了……

志穗一惊。

她细细打量着眼前的年轻女人。

她的眼神一定很吓人。

女人们被吓着了，赶忙低下头，蜷缩起身子。

就在这时，城铁重新启动……

进展

1

八月七日，星期五。

警方终于查清了被害者的身份。

室井君子，二十六岁，未婚——

她是静冈人，平时一个人住在代代木的公寓。

她是T航空的空姐。

进公司才四年，是副乘务长。

她于本月三日（星期一）离开火奴鲁鲁回国。下一班是八日（星期六）的航班。

国内线的空姐一般是做三天休一天，工作节奏比较固定。但国际线的空姐就不一样了。

空姐还有一种“待命”业务，处于“待命”状态的空姐必须将自己的所在地汇报给公司，以防公司有紧急任务布置下来。

但室井君子并没有处于“待命”状态，她是在休假，稍微失踪几天，也不会有人起疑。

更何况，谁会想到堂堂一个空姐，会变成公园里的神秘女尸呢。

志穗立了大功。

城铁上的空姐，为志穗提供了重要的线索。

——被害者体内的食物残渣，会不会是飞机餐啊？

她立刻通知了片区警署，让几位警官分头联系各大航空公司，并将被害者的照片传真过去比对。

几小时后，T航空那儿便有了回音。

一旦查出死者的身份，之后的事儿就好办了。

成田机场的国际航班都会提供两种飞机餐，一种“日式”，一种“西式”。乘客可以根据口味自由选择。荞麦面、寿司、牛排、沙拉、布丁……这个组合看似杂乱无章，其实是“日西”合璧的飞机餐——室井君子把两种飞机餐都尝了个遍。

国际线的工作很不规律，在下一班飞机起飞前，谁都不会在意空姐身在何处。

片区警官们听说这位空姐刚从火奴鲁鲁回来，便恍然大悟——

难怪她要涂防晒油。

志穗则不然。

飞夏威夷的空姐自然会涂点防晒油。但她何必把防晒油涂满全身呢？难道室井君子要在火奴鲁鲁海滩上裸着上半身晒太阳不成？

她做了全身脱毛，对皮肤的讲究程度几近病态。而且她的性器官上也涂了防晒油。

她的尸体异常光滑，那触感好似塑料做成的娃娃（没错，就像那树丛里的由佳娃娃一样）。这也太诡异了吧。

只是去个夏威夷而已，何必如此。

志穗就是想不通。

然而——

只要搞清室井君子的为人，一切谜题都会迎刃而解了吧。

总而言之，只要搞清被害者的身份，调查就会前进一大步。

警方立刻与室井君子的老家取得了联系。

今天下午，她的家人就会来东京认尸。

在家人的见证下，警方还会对室井君子的房间进行调查。

这些事就交给片区警官处理好了。志穗联系了 T 航空，约到了室井君子的同事。

原本对案件漠不关心的袴田都有了兴致。

“我陪你去好了——”

哼，翻脸比翻书还快。还不是因为他认定“空姐 = 美女”吗。

袴田快五十岁了，也结过婚，但志穗听说他现在是一个人住。他平时从不和女人打交道，也很少有机会见到年轻女人——机不可失啊。

——大叔，你好色哦。

志穗很是不爽，但还是同意了袴田的要求。她还挺同情袴田的。

2

T 航空的国际线乘务员以十五人为一组。

每组有一名组长，负责统筹管理。

志穗联系到了这位组长。

组长请志穗去青山的运动俱乐部见面。

那是一所会员制的豪华俱乐部。

志穗连这儿的会员卡都买不起，每个月的会费就更不用说了。

这位组长名叫铃木郁江。

她并不年轻，大概三十五六吧。

如果袴田是冲着“年轻女人”去的，那他怕是要大失所望了。

不过……袴田打一开始就默不作声，低着头，志穗也看不清他的表情。

志穗低头说道：

“不好意思啊，休息天还把您约出来——”

“没关系，劳烦二位跑这一趟我也挺不好意思的——”铃木郁江的态度很和善，这也许是她的职业习惯吧，“干我们的这行的，经常腰酸腿疼。所以我一有空就会来这儿做做伸展运动。年纪一大，连时差都很难调过来呢——”

“我也知道您很忙，就不绕圈子了。我想跟您打听一下室井君子的事情。”

“嗯，”铃木郁江点头回答道，“公司刚告诉我的时候我都快吓坏了。唉……只是……我跟她只是同事关系，几乎没有私交。我也不知道我能不能帮上你们的忙。”

“没关系，您只要把您知道的告诉我就可以了。请问您对室井君子的印象如何？”

“她是个很开朗，很漂亮的人。打扮得很时髦，而且那些衣服穿在她身上也很搭。”

“那她的私生活呢？您有没有听说过有关她的传闻呢？”

“我刚才也说了，我跟她没有私交。”

“那您有没有听说过她的异性关系呢？她平时都跟什么样的异性打交道呢？她有没有抱怨过有人缠着她不放啊？什么小事都可以的——”

“这……”

“我们不会给您添麻烦的，还请您多多帮忙。”

“她飞纽约、洛杉矶和火奴鲁鲁的时候，总会去旧衣店逛一逛。

买些男士穿的皮夹克、旧牛仔裤什么的。她说……那是她认识的一个开旧衣店的人托她买的——"

"那您知不知道那家店在哪儿啊？"

"我好像听她提起过，但……记不清了。"

"那您觉得室井君子和那位店老板是什么关系呢？"

"不好意思，这我就不知道了。"

这时，袴田终于开口了。

"您是她的上司吧？"

"没错。"

"在您看来，室井君子是个怎样的空姐呢？请您站在上司的角度，给她打个分吧。"

"她的工作还是完成得很不错的。虽然她对工作没有太高的热情，但也不会偷懒。"

"那就打个分吧。"

铃木郁江没有作答。她的沉默，就是答案。

三十分钟后。

"……"

志穗走出俱乐部，与袴田面面相觑。

两人不约而同地露出苦笑。

铃木郁江并没有提供多少有价值的线索，她总是巧妙地打着太极拳。

袴田一边往车站那边走，一边说道：

“他们公司是不是下封口令了啊——”

“哎？”

“我的直觉告诉我，她肯定有所隐瞒。”

“你是不是很讨厌她啊？”

“是啊，我不喜欢她。”

“那可真是太遗憾了。”

“遗憾啥？”

“谁叫人家不是‘年轻’的空姐呢。”

“年不年轻不重要——”袴田皱起眉头，“反正我很确定。”

“……”

“我讨厌那个女人，但那个女人，貌似也很讨厌我们的被害者。”

袴田满头大汗，汗珠闪闪发光。

3

警方很快查到了那家旧衣店。

那天下午，被害者的父亲抵达了东京。在他的见证下，片区的刑警们检查了室井君子的房间。

她的电话本里，有旧衣店的名字与电话。

旧衣店位于原宿的竹下大道，店名为“Express Kids”。

下面还写着一个名字——辰巳富久。

管理竹下大道的警亭称，辰巳富久是“Express Kids”的老板。

电话本里还有辰巳富久的地址与电话。

换言之，室井君子与辰巳富久不仅有生意关系，更有私交。

室井君子房间里有一张照片。上面是她和一个三十多岁的男人。两人勾肩搭背，显得很亲密。

那个男人，应该就是室井君子的男朋友吧。

谁会把普通朋友的照片摆在房间的显眼位置呢。

刑警问室井君子的父亲要来了这张照片。

志穗和袴田也在警署看到了这张照片。

要是照片上的人就是“Express Kids”的辰巳富久——

那就意味着，警方总算找到了“抛尸案”的头号嫌疑人。

如果受害人是女性，那么最有嫌疑的人就是她的男朋友或丈夫。

绝无例外。

志穗回了趟片区警局，之后便赶往原宿。

原宿，是属于年轻人的地方。

竹下大道全是面向年轻人的餐厅与服装店。整条街上充满了年轻，不，是稚嫩的热气。

袴田与竹下大道自是格格不入，可二十三岁的志穗一踏进这片地区也得忧心——“我是不是太老了啊？”

“Express Kids”就在 Palais France[1] 附近。

店面呈开放式结构，店门口挂着好多旧衣服。有美军的旧夹克、旧背心，还有七八十年代的皮夹克、牛仔裤、T 恤衫、腰带、长靴……店门口还放着一台复古风格的点唱机，放着 Beach Boys[2] 的曲子。

店里的客人几乎都是高中生。有的穿着便装，有的则穿着校服，他们正兴致勃勃地淘宝呢。

这里的人气，让袴田很不自在。

只见他皱起眉头，盯着店里的年轻人直看。

志穗抓住一个年轻店员说，我们想见见你们老板。

“好，请稍等——”

店员走进里屋。

片刻后——

袴田突然开口问道：

“犯人——为什么要把室井君子扒光呢？”

“啊？”

志穗望向袴田。

“我就是想不通啊。犯人为什么要把室井君子扒光呢？”

“不知道啊，”志穗歪着脑袋回答道，“也许是因为她穿着空姐

① 位于原宿的一家著名商店。
② 20世纪60年代最顶尖的美国迷幻摇滚乐队。

的制服吧。要是警方发现她穿的是制服，就能轻而易举地查出她的身份了。所以犯人灵机一动，就把她的衣服扒光了。”

“脱了制服就查不出身份了吗？”

“我觉得……犯人应该是个男的。你想，那个男人肯定很不负责任，否则就不会把死者丢在公园了啊。见室井君子突然死去，他立刻慌了。他心想，要是警方查到了室井君子的身份，免不了要把事情怪到他的头上。于是他就扒了室井君子的制服，妨碍警方的调查工作。应该就是这么回事吧。”

“这可不一定——”袴田一脸疑惑，“你想啊，室井君子八号要上班的啊。到了那天她再不出现，他们公司肯定会报警的。所以警方迟早会知道她的身份。抛尸的人应该也很清楚这一点。他何必为了短短几天的太平，特地把被害者扒光呢？”

志穗答不上来。这的确是个谜。

就在这时，一个男人从里屋走了出来。

是个三十出头的男人。

他人高马大，体格健壮，留了个马尾辫，还打了耳洞。

他穿着蓝色条纹衬衫，配了条胭脂色的细领带，下身则是名牌牛仔裤。

“我就是辰巳——”男子一脸不解地问道，“二位找我有什么事吗？”

“……”

志穗与袴田交换了个眼神，因为来人正是和室井君子合影的男人。

“我是警视厅的袴田。这位是我的同事北见——”袴田殷勤地弯下腰，将名片递给他说道，“请问您认不认识一个叫室井君子的人？她是T航空的空姐——”

“认识啊，怎么了？”

“不好意思，请问您和室井君子是什么关系？”

“我们在交往。”

“也就是说，你们是男女朋友喽？”

“呃，差不多吧——”辰巳一脸不爽，“难道谈个恋爱还犯法不成？”

“不不，只是——”袴田压低嗓门说道，“室井君子小姐去世了。”

“去世了……”

辰巳大惊失色。

“我们有些问题要问您，能不能找个安静点的地方，坐下来慢慢谈呢？”

这句话是志穗说的。

三人找了间咖啡厅。

辰巳与室井君子已经在一起两年多了。只是最近两个人都很忙，没怎么联系。

但他们并没有被拘束的感觉，也不觉得这种状态有什么不好。

辰巳说，他们的关系与普通的恋人不太一样。

“我们的关系要更轻松随便一些。我们也不是玩玩的，但也不是冲着结婚去的。我们不会拘束对方，要是其中一个有了别的心上人，我们就会和平分手。”

“但你们都没找到更合适的人？”

袴田问道。

“我有过，她也有过。有其他交往对象的时候，我们就不会见面。可跟那个人分手之后，我们就会重归于好。反正……我们的关系就是这么奇怪——”

辰巳常会让室井君子帮忙带些外国旧衣回来。不过这件事与他们的关系无关，因为辰巳会向君子支付相应的报酬。

辰巳八月四日刚从墨尔本回来。

如果他所言不虚，那就意味着他有完美的不在场证明。

因为室井君子的尸体是三天前出现的。

“……”

听到这话，志穗略显失落，袴田也露出了失望的神色。

只要看看辰巳的护照，就能确定他的出入境时间了。谁会撒这种容易穿帮的谎言呢。

换言之，辰巳不可能是将室井君子的尸体丢在公园的人。

“她是个好女孩。年轻漂亮，性格也很开朗。仔细想来……也许我是真的爱上了她。可事到如今……”

听闻室井君子的死讯后，辰巳跟丢了魂一样，呆若木鸡。

他是打心底里惊愕，还是在演戏？志穗也没有把握。

他们聊完了。

袴田掏出一盒香烟，问道："来一根不？"

辰巳把头一扭，冷冷地回答道："我不抽烟。如果你想知道我的血型，直接问我就是了。我是AB型血——"

告别辰巳后，志穗与袴田回到车站。

"被他摆了一道啊。"

志穗咯咯直笑。

"……"

袴田表情凝重，一脸迷茫。

第二天早晨，芝公园出现了第二具女尸。

❄

穿着比基尼的由佳娃娃

1

八月八日，星期六——

发现女尸的，是一位送报纸的年轻人。

清晨五点半。夏天天亮得早，蝉鸣阵阵。

年轻人骑着摩托车，从芝三丁目来到日比谷大道。接着，他就把摩托车停在了“芝公园”站的路肩上。

然后再走路去他的责任区。

这一带其实有两座“芝公园”。

一个是面朝地铁“御成门”站的芝公园三丁目的公园，也就是发现室井君子的地方。

这座公园的草坪打理得很好，还能瞭望到东京铁塔的景色，深受情侣们的欢迎。

还有一座规模稍小一些的“芝公园”，它坐落于日比谷大道的另一侧，与芝公园二丁目的“芝公园”站相邻。

这座公园附近有幼儿园与福祉会馆，还有区立游泳池，是面向当地人的“小公园”。

当地的年轻妈妈们常会带孩子来这座小公园玩耍。

年轻人一如既往地捧着报纸，走进小公园——

这时，他忽然停住了。

“……”

他一脸惊讶。

小公园的入口处有个小广场，广场里有个专门为幼儿准备的小水池，水位只到成年人的小腿肚。

只见一个年轻女人，坐在那个小水池里。

她戴着墨镜，身着红色比基尼泳衣。臀部浸在水里，两腿伸直。水池的半径很小。女子的大腿搁在水池边上，很是挑逗。

水池呈甜甜圈状，中间有个水泥铺成的斜面，水会不断往下冲。女子背靠斜面，在流水的冲刷下，前后摇晃。

比基尼的边缘深深陷入她的身躯，暴露的面积极大。每摇晃一下，乳房与大腿根部便会展露无遗。

女子面朝年轻人。但她戴着墨镜，所以年轻人也不知道她的视线朝向何方。

“……”

年轻人也目不转睛地盯着女子看。

他被迷住了。

蝉鸣不绝于耳。

夏日的阳光，是如此刺眼。

水面，波光阵阵。

水中的红色比基尼，是如此鲜艳。

那可是给孩子玩水的水池啊。

年轻人背后，便是人行道。

人行道后，便是日比谷大道了。

一个成年女人，怎么会穿着比基尼，在这种地方晒太阳呢。

——她在这儿干吗？

一切的一切，都在刺眼的阳光中。

却显得，如此超乎现实。

如果眼前的光景是梦，那就是个无与伦比的春梦。

年轻人喘了起来。

……

忽然，年轻人眨了眨眼。

因为他看见，女子旁边，放着个娃娃。

是个由佳娃娃。

娃娃跟女人一样,穿着红色比基尼,戴着墨镜,伸长双腿,坐在地上。

娃娃，就是缩小版的女人。

不，女人，就是真人大小的由佳娃娃。

年轻人一声惨叫。

蝉鸣因惨叫中断了一瞬，但随即恢复原状……

2

被害者名叫茅野幸枝——

今年二十八岁。

与一个男人一起住在西麻布的公寓。他们没有登记，但他们的生活与普通夫妇无异。

除了比基尼与墨镜，被害者身上没有任何东西。

那警方是怎么查到她的身份的呢？因为她的“丈夫”白井达夫在八月六日报了案。

他正是志穗在警局见到的人。

——那个穿着夏威夷衬衫，戴着银手镯的寒酸男。

因为死者的容貌与“失踪人口档案”的完全一致，所以片区警署立刻联系上了白井达夫，让他来警局认尸。

白井是个自由撰稿人。

幸枝则是全职主妇。

芝公园四丁目有个巨大的娱乐设施，其中设有高尔夫练习场与保龄球场，隔壁就是著名的增上寺。

芝G泳池就在那个设施里。

距离被害者所在的小公园不过几百米。沿着日比谷大道，往新桥方向走一会儿就是了。

茅野幸枝每周会去芝G泳池游个两三次。

八月五日（星期三）下午一点左右，她一如既往地去了游泳池，就此一去不复返。

丈夫白井在家里等了一宿。天亮后，他终于按捺不住，去警局报了案。

警局的负责人认为，茅野幸枝只是离家出走了而已。警局派人找了两个小时未果后，就将她的资料登记在册了。

当时，警方查到：

有人看见她在五日下午来到了游泳池。

游泳池的工作人员认识茅野幸枝，并做证说那天她的确来过。

那天下午五点左右，一位工作人员看见她从泳池里爬出来，走向更衣室。

换言之，她是在下午五点后离开的泳池。至于她离开泳池后去了哪儿，就无人知晓了……

三天后。周六早晨，送报纸的年轻人在芝公园二丁目的小公园发现了茅野幸枝的尸体。

茅野幸枝是被人掐死的。

她的脖子上留有指痕，却没有指甲造成的抓伤。

这说明，凶手并不是徒手掐的，而是戴了手套。

这不，警方还在被害人的颈部发现了纤维片，极有可能是从手套上剥落的。

法医还发现，被害者的指甲中并没有肉片、组织及血痕。

在清醒状态下被掐死的人，都会在临死前拼命挣扎。他们很容易抓伤凶手的手。但被害者的指甲里并没有凶手的组织。换言之，被害者被掐死时，已然失去了意识。

这一点，也引起了其他警官的关注——茅野幸枝与室井君子。两起案件，兴许有着千丝万缕的联系。

室井君子死后也被人掐过。

但室井君子在凶手伸手“掐”之前碰巧死了。莫非这个凶手的行凶方式就是，先把被害者弄晕，再用手掐之以后快？

掐死一个人并没有我们想象中的那么简单。清醒状态的人是很难被掐死的（老弱病残除外）。

而且两具女尸旁边都放着和女尸一模一样的由佳娃娃，这也是两起案件的共同点。

可爱的由佳娃娃，居然跟被害者摆出了同样的姿势，衣着打扮也一模一样……警官们也是惊愕不已。

由佳娃娃，肯定是凶手留下的。

然而，他为什么要特地放一个由佳娃娃在尸体旁边呢？是何等错乱诡异的精神，让他做出了如此惊悚的行为？

事已至此——

单纯的“抛尸案”，变成了连环杀人案的开端。

忙着调查“芝公园连续纵火案”，轻视了女尸的片区警署也不得不倾尽全力，调查室井君子与茅野幸枝的案子了。

署长联系了本厅搜查一课与鉴识课，将本案的搜查本部设在了片区警署。

“娃娃连环杀人案”的搜查本部宣告成立。

“抛尸案”唯一的专属调查员北见志穗自然成了搜查本部的一员。

晚上九点。第一次搜查会议在片区警署的会议室举行。

照理说，警方一般不会在这个钟点开会。

但警方已浪费了好几天的宝贵时间。再加上警署里还有“芝公园连续纵火案”的搜查本部，双方必须妥善协调各个方面的事宜，所以警局才会在晚上九点召开会议。

本厅派出了搜查一课六组。

志穗已经和六组合作过许多次了……

白井称，死者身上的比基尼与墨镜都是她本人的，她在游泳池穿的也是这套衣服。

当然，茅野幸枝于五日下午五点左右离开游泳池时，不可能穿着这身泳衣出门。

白井和泳池的工作人员也说不清她出门时穿的是什么衣服，但那肯定是很得体的、能穿出门见人的衣服。

为什么到了八日早晨，她就换回了那套泳衣呢？

发现尸体的小公园里也有个小泳池。

泳池距离被害者所在的小水池不过几十米远，两者间由一条小路相连。

这座小泳池名叫“芝泳池”，由港区的教育委员会负责管理。

然而——

白井说，茅野幸枝没去过芝泳池，而且区营泳池也不可能在大清早五点开门。

由此可见，芝泳池与本案无关。

凶手特地为茅野幸枝换上了比基尼，然后再将她运到了小公园。他何必如此大费周章？

这便是搜查会议的第一个议题。

“为什么凶手要特地给被害者换上比基尼？为什么非要把被害者运到小公园去？室井君子为什么会光着身子出现在公园的长椅上？我认为，这几个问题有着异曲同工之妙——”第一个起身发言的是搜查一课六组的井原警部补，“难道这个凶手喜欢羞辱死者，喜欢把尸体

放在行人能看见的地方？还是说，他想炫耀自己犯下的罪行，以此获得快感？他为什么要在尸体旁边放一个由佳娃娃呢？难道他只是单纯的娃娃发烧友吗？还是说，他有恋尸癖，喜欢把女人的尸体当娃娃玩？希望在座的各位在这几个问题的基础上进行调查。”

与会人员个个都是一脸迷茫。

由佳娃娃？恋尸癖？这案子也太莫名其妙了吧。

这次会议共有二十多人出席。

搜查本部长、“本部事件组”的检察官、管理官、本厅鉴识课的组长、本厅搜查一课及片区警署的专属调查员们——

其中，也有志穗与袴田的身影。

其实袴田并没有受到邀请。换作平时，袴田定是求之不得，可他竟屁颠屁颠地跑来开会了，真是太阳打西边出来了。

见过“Express Kids”的辰巳富久之后，袴田忽然变得沉默寡言起来。他总是摆出一副若有所思的样子，又不把自个儿的想法说出来跟志穗分享分享。

就算志穗开口问了，他也不一定愿意说，除非他是真的想说。所以志穗也懒得问他。

井原坐下后，便扬起下巴，对一课的警官说道：

“喂，把那个打开。”

警官点点头，起身走向会议室的电视机。

按下录像机的播放键。

播放出一段模模糊糊的录像。

“这是三号晚上伏击纵火犯时在芝公园附近的屋顶上拍的录像。拍摄时间是十一点半左右。大家也看到了，这段录像的画质并不好，但我还是想请大家仔细看一下。兴许录像中的人，就是这起连环杀人案的真凶。”

所有人都将视线投向了电视机。

芝公园附近的日比谷大道并不热闹，但路人还是比较多的。

情侣、一群工薪族、一群年轻女人、穿着校服的高中生（也许是补习班刚下课）、扛着高尔夫球袋的男人、陪酒女……还有一个闷头走路的男人……

突然，画面变黑了。

芝公园附近停电了。

“……”

即便如此，志穗依然目不转睛地盯着电视画面中的黑暗。

也许，那个杀死年轻女人，将由佳娃娃留在现场的变态，就在那片黑暗中，徘徊。

忽然，志穗察觉到了些许异样。

她转头望向袴田。

袴田也跟志穗一样，死盯着电视屏幕。

但袴田两眼放光，仿佛他真的发现了什么线索。

警官按下停止键后，井原宣布：“那就让我们继续开会吧——”

3

验尸官（刑事调查官）起身发言。

今天下午，警方将茅野幸枝的尸体送去做了司法解剖。验尸官作为见证人，目睹了解剖的全过程。他才刚回来没多久。

“我在案发现场推测，被害者的死亡时间为七日深夜至八日凌晨。换言之，发现尸体时，她死了二到七个小时。大家也许会觉得这个死亡时间太过宽泛，但这位被害者的‘尸体现象’极其异常，很难推测出精确的死亡时间。通过肉眼检查能推测出的死亡时间不过如此——”

“‘尸体现象’极其异常是什么意思？能不能请你详细解释一下？”

“本部事件组”的检察官问道。

“是这样的，”验尸官点头道，“死后数小时内的‘尸体现象’包括皮肤变得苍白、体温下降、皮肤干燥、尸斑、尸僵等等。我们一般会通过这些现象推测死者的死亡时间。但这位被害者出现了好几种相互矛盾的‘尸体现象’。她的口腔黏膜与小阴唇干燥得很厉害，可尸僵并不是很严重。她的皮肤变得很苍白，可体温并没有下降太多。‘尸体现象’的确会随尸体的外在环境变化，但这位死者的情况实在太极端了。说实话，我也是百思不得其解。我从没见过这么自相矛盾的尸体——”

“……”

“今天下午两点，楠木教授在T大法医学教室做了司法解剖，这才搞清‘尸体现象’自相矛盾的原因——被害者的大脑肿得很厉害。血管扩张，肺部与肾脏也有浮肿。她的心肌与骨骼肌也有斑点状的坏死点——”

“这些症状意味着什么？”

井原主任催促道。

“意味着——”验尸官清了清嗓子，“被害者得了热射病。”

“……”

会议室里一阵骚动，几位警官们高喊着。

“热射病？！”

“大热天做早操时晕过去的孩子得的不就是热射病吗……”

“没错，”验尸官点头道，“遗体下半身浸泡在水中，直肠温度下降得很快，所以我没能在现场看出她得了热射病。恐怕她死去时，直肠温度足有四十多度。她的确是被人掐死的，但我认为凶手行凶时，她已陷入了昏迷状态。总而言之，她得了热射病，意识蒙眬不清。”

“……”

“热射病的症状是头痛、呕吐、冒冷汗，病情严重时则会出现精神错乱、痉挛、昏睡等症状。被害者怕是已病入膏肓，陷入了昏迷状态吧。徒手掐死一个人绝非易事，所以被掐死的大多是手无缚鸡之力的老弱病残。如果要掐死一个成年人，那么就必须先想法子让被害者睡着。好比因热射病昏迷的茅野幸枝。”

“被害者是五日傍晚失踪的，而她的遗体是八日出现在公园的。如果她的死亡时间是七日深夜到八日清晨的话——”井原喃喃道，“那就意味着被害者失踪后存活了整整两天。她八成是被凶手关起来了。她在被囚禁的时候得了热射病……大概就是这么回事吧？”

验尸官没有作答。

“我要说的就这些。”

之后，他便坐回了原位。

会议室里鸦雀无声。

“热射病”一词大大出乎了警官们的意料，所有人都惊呆了。

4

“鉴识！”

本部长清了清嗓子，示意下一个人发言。

本厅鉴识课的组长没有起立，而是坐在位子上说道：

“被害者的比基尼与墨镜上没有采集到任何指纹。娃娃身上倒是有几个指纹，但那极有可能是生产销售过程中留下的，与本案无关。只是……要把尸体搬进水池，就必须用手掌撑着水泥地面。所幸七号晚上很热，所以凶手的手心肯定出汗了。水池里都是水，肯定提取不出指纹，但其他地方能晒到太阳，非常干燥，所以我们提取到了几组指纹。我们已将这些指纹输入了警视厅的指纹自动识别系统，与有前科的人进行比对——"

"……"

"至于脚印……因为现场是个公共场所，脚印的数量自然惊人。所以我们无法确定哪些脚印是凶手留下的，也没有发现任何血迹。而现场采集到的毛发与微粒也不是有价值的线索。"

"死者身上有性交的痕迹吗？"

一位警官问道。

"很遗憾，我们没能采集到凶手的体液。就算死者被强暴过，凶手留下的蛛丝马迹也会被水冲走。天又这么热，就算凶手在她胸部留下了唾液，也会被死者本人的汗水冲掉。"

鉴识课组长的发言到此为止。

本部长说道："辛苦了。娃娃那边查得怎么样了——"

轮到志穗了。

她起身说道：

"室井君子旁边的由佳娃娃是昭和五十年上市的旧版产品。而茅野幸枝旁边的由佳娃娃是最新版的，在店里能买到。这个系列叫'生龙活虎的由佳'——"

好几个警官窃笑起来，但他们没有笑太久。生龙活虎的由佳——这个名字的确很幽默，但可爱的娃娃被凶手放在了尸体旁边，这可不是个笑话。

“娃娃身上的序列号显示，这个娃娃是在东京销售的产品。但目前我们还无法确定它是在东京的哪家店卖出去的。而且由佳娃娃不仅会出现在玩具店，折扣商店也有卖，有些柏青哥店会拿它当奖品，所以我们无法查清它的来源。因此我们很难通过由佳娃娃锁定凶手的身份。”

“‘生龙活虎的由佳’都是穿比基尼戴墨镜的吗？”

井原问道。

“不，‘生龙活虎的由佳’是一个运动系列。有穿网球裙的，也有打高尔夫的。种类还是很多的。”

“那……天知道下一个受害者会是什么类型的女人——”

井原低声说道。但他很快意识到自己说错了话，脸颊微微发红。

这话的确有问题，但每个警官心里都有同样的疑问。

——也许是我们想反了。凶手并不是找了个和死者一样的由佳娃娃，而是专找和由佳娃娃一样的女人下手。

可……这也太诡异了，太错乱了。每个人都在怀疑，但大家又不敢公然道出自己的推测。

志穗坐下后，本部长立刻喊道：

“查死者周边的呢！”

“在！”片区警官起身说道，“我们这边也没有发现有价值的线索。我们一边调查与被害者有关的人，一边调查她的行踪。我们派出了二十个人，分为十组，追查死者离开芝 G 泳池之后的下落。但我们不清楚被害者离开泳池时的穿着打扮，因此调查的难度非常高……”

“二十个人十组啊——”井原皱起眉头，“人手是不是太少了啊？”

“我们也没办法啊。重案组的都去调查连续纵火案了，没法分五六十号人来查这边的案子。”

本部长解释道。

井原冷冷地问道：

“那死者的老公呢？那个叫白井的查过了没？”

“查了！”片区的警官像五年级的小朋友一样举手说道，“我们已经证实了白井的证词。五号晚上，他很担心妻子，就打电话去被害者常去的小酒馆和精品店问了一下。店家也证实了他的说法。但我们也无法保证他有没有跟店家串通一气，所以还不能就此断定白井是无辜的。只是他们的邻居做证说，白井和死者的感情很好，经常结伴去买东西。而且白井好像也很疼爱死者。”

“那茅野幸枝跟室井君子有什么关系吗？”

沉默许久的检察官问道。

“貌似没有。白井也没有听说过‘室井君子’的名字。”

“那就意味着……凶手是个过路杀人狂啊——”检察官长叹一声，“那就麻烦了。”

一课的警官举手说道：

“硬说两位死者有什么共同点，那就是芝公园或日比谷大道了吧。

她们的尸体都是在芝公园附近发现的。也许凶手总会在日比谷大道寻找猎物。我认为凶手肯定很熟悉那一带。”

“茅野幸枝经常去芝G游泳池，凶手很有可能是在那儿撞见她的。但室井君子呢？凶手是怎么找到她的呢？难道她也跟芝公园和日比谷大道有关吗？”

另一位警官举起手来，翻开笔记本说道：

“我们调查了室井君子的私生活，发现她下班之后常去六本木的迪斯科舞厅或牛郎俱乐部寻欢作乐。有时是‘Express Kids’的辰巳富久陪着，有时则干脆找个牛郎尝鲜。嗨，空姐这一行的压力很大，对体力的要求也很高，下班后不发泄发泄，保不准会憋出病来。”

“……”

“我推测，室井君子在三号晚上去了六本木。六本木离芝公园很近。喝完酒之后，她溜达到了芝公园，不幸遭遇了凶手——”

“有人能证明她三号晚上去了六本木吗？”

“目前还没有。她的同事给我们提供了几家她常去的店的名字，我们也上门调查了一下，但还没有收获有价值的目击证词。我们会继续跟进这条线索。”

“她总不会带着男人去牛郎俱乐部吧——”突然，袴田大喊一声，把志穗吓得不轻，“牛郎俱乐部是女人去的地方。室井君子花的是自己的钱，六本木的牛郎俱乐部可不便宜啊，空姐的工资真有那么高吗？羡慕死我了——”

本部长皱起眉头。

井原则一脸诧异地望着袴田。

检察官则装出一副“我没听见”的样子。

大多数警官都无视了袴田的发言。

也是，袴田的发言偏题了。

空姐的工资高不高，与搜查会议的议题无关。

——袴田大哥在胡思乱想些什么呢?

志穗都脸红了。

“大家都发过言了吧，”本部长清了清嗓子，“如果凶手真的在芝公园与日比谷大道徘徊，物色合适的猎物下手，那我们就不能听之任之了。在第三位牺牲者出现之前，我们必须采取行动，尽快将凶手绳之以法。我们应该与爱宕警署和三田警署的‘芝公园连续纵火案’联合搜查本部携起手来，展开伏击。呃——”

本部长含糊其辞，倒是井原接下了话茬，望着志穗说道：

“喂，你想打扮成哪种由佳娃娃啊？穿比基尼的生龙活虎版由佳怎么样？”

单独搜查

1

搜查会议结束了。

已是深夜十一点多。

然而，志穗还不能回去。

因为，她的工作才刚刚开始。

“娃娃连环杀人案”搜查本部认定，凶手是个过路杀人狂。上诱饵的时候到了。

室井君子的尸体出现在芝公园，而茅野幸枝的则出现在了附近的小公园。两位死者素不相识，毫无关联。她们八成是凶手随机选择的牺牲品。

硬说这两起案件有什么共同点，那就是发现尸体的地点了。

搜查本部认为，凶手在日比谷大道上“相中”了这两位被害者，实施了残忍的罪行。

她们之所以引起了凶手的注意，正是因为她们的容貌会让凶手联想到由佳娃娃。

为什么凶手要在尸体旁边放一个与死者一模一样的由佳娃娃呢?警官们百思不得其解。

然而，凶手对由佳娃娃的偏爱显而易见。也许这种偏爱，就是引起罪行的导火索。

“娃娃连环杀人案”的本部长还就这一点请教了专家。

警视厅·科搜研特别被害者部的创始人——远藤慎一郎不过三十出头，却是日本首屈一指的犯罪心理学家。

本部长想请他为本案的凶手做个侧写。

然而——

巧妇难为无米之炊。数据太少，远藤部长再厉害，也无法得出非常具体的结论。

他的传真里只有寥寥数语。

“由于信息太少，我只能先做个概论”——他先给警官们打了预防针。

本案的凶手可能出现了“返童现象”，回到了口唇期。站在人类史的角度上看，就是他回到了受图腾与禁忌支配的时期。这也是一种返祖现象。他明显表现出了原始人的拜物信仰。在此人的潜意识中，活人与娃娃已浑然一体。娃娃并不是单纯的玩具，而是有灵魂的咒物。只要杀死娃娃，相应的人也会死去。要是杀死了那个人，相应的娃娃也会一命呜呼。凶手有某种强迫观念，必须抹杀某种东西，为此就必须杀死人类的魔法化身——娃娃。他杀死的不是女人，而是由这个女人代表的某种强迫观念。“杀死女人”与“在现场留下娃娃”都是一种象征性的行为。从心理学的层面看，“返童现象”与“返祖现象”不过是一种倒退而已。但对这位凶手而言，他必须追溯到过去的某一个时间点。执着于由佳娃娃，也能充分体现出他的“心理时间”停留在了过去的某一个节点上。这个凶手还活在过去。他并没有活在当下。

所有与会人员都拿到了传真的复印件，但谁都没仔细看。

不，应该说是，“大家都看不懂”。

——学者就是喜欢故弄玄虚。从来不上前线，一张口就是废话连篇……

有些警官毫不忌讳，开口就骂。

警官们做梦也不会想到，远藤慎一郎的泛泛而论，竟正中靶心。

警官们都能看出，这次的凶手对由佳娃娃有着异常的执着。

要引这个凶手上钩，就得满足以下两个条件。

第一，诱饵必须在芝公园与日比谷大道走动。第二，诱饵必须贴合凶手的口味，打扮成由佳娃娃的样子。

——让我扮由佳娃娃啊，真要命……

志穗虽有怨言，但这正是诱饵搜查官的本职工作。

会议结束后，志穗留在了片区警署，商讨诱饵搜查的具体细节。

不料袴田竟然开溜了。

袴田是志穗的搭档。志穗当诱饵时，他必须在一旁保护她。

可这回，袴田的态度异常冷淡。

“有这么多刑警在旁边候着呢，还有井原在，不愁没人保护你。你就别担心了。我何必插一脚惹人嫌呢——”

“袴田大哥，你不是我的搭档吗，怎么能这样啊——”

志穗倒也不是非要袴田留下。

袴田上了年纪，体力大不如前，行动也不是很敏捷。关键时刻，还真不一定靠得住。

但袴田真不在身边，志穗还真有那么些担心。

“天这么热，我一个老头子怎么受得了啊。嗨，你就放心吧，让本厅跟片区的人保护你就成了。”

“袴田大哥。”

“嗯？”

“你在打什么鬼主意呢？最近的你好像不太对劲啊。你不会是想单独调查吧？你平时都是想方设法偷懒的呀，怎么突然变成热血刑警了啊？这就不是你的行事风格嘛。”

“我可没打什么鬼主意，是你多心了——”

袴田将头扭向一边。

他的态度极其冷淡。在这种状态下，他绝不会轻易道出心中的想法。只能由他去了。

“北见，过来一下！”

隔壁房间的井原喊道。

志穗放心不下，可不得不撂下袴田，独自去和搜查本部的干部们商讨诱饵搜查的细节。

2

第二天。

早上十点——

袴田来到原宿的竹下大道。

时间还早，可竹下大道已是人头攒动。

“Express Kids”附近有一家立式咖啡厅。

袴田走进咖啡厅。

一个年轻姑娘正在喝冰咖啡。

她一见到袴田，便低头打了个招呼。

她叫伊藤敏子，是“Express Kids”的店员。

袴田来到她跟前，毕恭毕敬地低头道谢。

“不好意思啊，一大早的就把你叫出来……”

“没关系没关系，反正我是十点半上班嘛。只要您到时候放我走就行了。”

小姑娘很是爽快，一看就是个聪明人。

“放心，我不会占用你太多时间的，问完就好了。”

“您可千万别把这件事告诉我们店里的人哦。要是被辰巳老板知道了，我的日子就不好过喽。”

“我知道，我不会给你添麻烦的，放心吧。”

“啊，我还没吃早饭哦。”

“啊？”

“我今天提早出门了半小时，没来得及吃早饭。”

“那你随便点呗。”

“我饭量很大的哦。”

“没事啦，尽管吃。”

“服务员！我要德式热狗和蔬菜三明治，再续一杯冰咖啡！”小姑娘喊完之后，便转向袴田笑道，“瞧，我没骗您吧。”

“那我就不绕弯子了，”袴田问道，“请问你认不认识一个叫室井君子的人？”

“哦，老板的女朋友嘛。认识认识。听说她是空姐呢，长得可漂亮了。”

伊藤敏子啃着热狗，随口回答道。

看来她还不知道室井君子出事了。

警方刚发现尸体时并不清楚室井君子的身份，只把她当一具无名女尸。而且从尸体所处的情况看，她不太可能是被人杀死的，因此媒体也没有大肆报道。

茅野幸枝则不然。打一开始，警方就认定她死于他杀。因此媒体的宣传力度也很大。但没有一家媒体将茅野幸枝与室井君子联系起来。

这当然是因为警方还没有完全断定两起案件有关，而且警方故意没有公布“现场有由佳娃娃”这一细节。

辰巳富久倒是跟手下的员工们提过室井君子。

当然，袴田巴不得伊藤敏子不知道室井君子已经死了。要是证人对案件产生了好奇心，刨根问底，那就麻烦了。

“我听说室井君子小姐去纽约和洛杉矶的时候总会帮辰巳先生带点旧衣回来。不知道她的衣服销量如何啊？”

“这……我就不清楚了，因为我不管进货这块的，”伊藤敏子歪着脑袋回答道，“我的确知道室井君子小姐帮老板带过衣服。每次五六件的样子，不会超过免税范围的。她好歹也是我们老板的女朋友，看衣服的眼光还挺准的。不过她的衣服都不会在店里上架的。”

“哦？不上架？”

“嗯，都是我们老板另外卖，专门面向来店里买衣服的初中生和高中生。卖衣服赚来的钱也不会进店里的账簿。大概是老板想赚点零花钱吧——”

“……”

“啊,把这种事情告诉您是不是不太好啊?这算不算偷税漏税啊?”

“不不，你不用担心这个，我跟税务局没关系。话说室井君子小姐经常去你们那儿吗？”

“嗯……偶尔来吧。”

“你觉得她怎么样？”

“挺漂亮的呀。”

“我说的不是她的容貌——”

“她啊，性情有些飘忽不定的。前一秒还在笑，后一秒就大发雷霆了。一会儿还很和蔼可亲的,过了一会儿就把头别过去不理你了。唉,长得漂亮就是好啊。我要是这么耍小性子，还有谁会理我呀，”说到这儿，伊藤敏子忽然露出一脸严肃的表情，“莫非室井君子小姐出什么事了？”

“呃，嗯——”袴田含糊其辞，随即从包里掏出了几张照片，“能不能请你看看这几张照片？上面的人是不是‘Express Kids’的客人？”

“……”

伊藤敏子瞥了眼照片后，便摇了摇头，说道：

“我看不出来啊……这些照片太糊了，根本看不清脸嘛。”

“这样啊。也是——”

袴田并没有表现出失落，而是不露声色地接过照片，塞回包里。他看了看手表说道：

“时间差不多了呢。我还有最后一个问题……”

“警官，您好坏哦，光让我回答，却不回答我的问题……”

“你们老板好像不抽烟是吧，”袴田无视了伊藤敏子的抗议，“那室井君子小姐抽烟吗？”

“呃……应该不抽吧。我没见过她抽烟哎。难道她抽不抽烟很重要吗？”

“哦，没什么，我只是有些好奇罢了。”

“瞧，您又回避我的问题了。”

“……”

“我倒是抽的。虽然我不觉得香烟有多美味，但抽烟可以减肥呀。”

“……”

“您是不是觉得我很矛盾啊，吃那么多还想着减肥。谁让我长得胖呢，三天两头就会被男人甩。被甩掉之后，我总会暴饮暴食，于是就更容易被甩了。”

“你不胖嘛。”

“但也不瘦啊，”袴田冷漠的态度让伊藤敏子有些受伤，“所以啊，室井君子小姐不抽烟，但我抽。”

袴田坐山手线从原宿来到新宿。

出站后，走向歌舞伎町。

好热。

歌舞伎町的沥青路面热气腾腾，仿佛被一层白雾所笼罩。

走在路上的行人也是气喘吁吁。

走着走着，便是电话俱乐部的聚集地。

白天的红灯区，总是分外冷清。

袴田走进一家成人用品商店。

屋里摆满了色情录像带与成人玩具。

店面只有三坪，非常小。

一个老人，坐在堆积成山色情杂志与色情录像带中，对着电风扇吹风。他穿着圆领背心，骨瘦如柴，头上一根毛都没有，右眼又红又肿。

他盯着袴田看了一会儿，却一言不发。

“你的眼睛怎么了？又拈花惹草啦？”

袴田问道。

“才不是呢。一不小心得了沙眼。我就不该带着孙子去公用泳池，”老人皱起眉头，“袴田啊，什么风把你吹来了。难道你又被踢回新宿的防犯课啦？”

“不，我只是有些问题要问你——”袴田推开色情杂志，找了张椅子坐下，擦了擦汗，“你这儿还是这么热啊。为啥不开空调呢？你赚得应该不少吧。”

“赚得到才怪了。有钱带孙子去游个泳就不错了——”老人将电风扇转向袴田，“你到底想打听什么呀？”

“嗯，有个东西想让你看看——”

袴田掏出包里的照片，递给老人。

老人一看照片，便眉头紧锁。

“哎哟，这照片咋这么糊啊。”

“是挺糊的。你看看上面的高中生，能看出他们穿的是校服吧？”

“嗯，是校服没错。”

老人歪着脑袋，仔细打量手中的照片。他边看边喃喃道：“嗯，是校服没错。”

“你能不能看出那是哪所学校的校服？”

“……”

“你不是认识不少皮条客么，有些嫖客最喜欢找女高中生了，那些皮条客肯定能认出这身校服。”

“呃，他们是能认出来啦……这事儿急不急？”

“还挺急的。不好意思啊，大热天的还让你做这些。回头我买点冰啤酒给你送过来。”

袴田笑道。

袴田算不上一个特别能干的刑警。在调往特被部之前，他在各大警署“颠沛流离”。最常去的就是警署的防犯课。经常管色情产业，自然积累了许多这方面的人脉。这位老人，就是其中之一。

“你的要求，我怎么好意思拒绝呢。这样吧，你今天傍晚打个电话给我。我会在那之前查好的。”

“太感谢了——”

袴田起身。

“我得奉劝你一句，空调啊，还是少开为好。”

老人莫名其妙来了这么一句。

“你说啥？”

袴田一脸迷茫。

“我说，空调还是少开为好。那东西啊，对你的命根子不好。关键时刻，体力会跟不上的。”

“……”

“袴田，你最近没碰过女人吧？我一看就知道。瞧你这没精打采的样儿，肯定是空调吹多了。”

“是吗。”

袴田很是没底地反问道。

“可不是嘛——”

老人摸了摸“一毛不拔”的头顶。别看他面黄肌瘦，可头顶却是铮亮铮亮的。

“你瞧瞧我，正因为我不开空调，所以我现在还是那么精力充沛。”

“……”

“我这儿有种好药，特别管用，保你跟二十多岁的小伙子似的。得，看在我们有这么多年的交情，我就用批发价卖给你好了。”

老人的口气突然殷勤起来……

3

袴田很忙。

这不，他又满头大汗地走了起来。

走去车站，再次坐上山手线。

坐到上野。

好多人。

体味都散发不出去了。怪了。

新宿跟上野都在东京，可这两个地方的“空气”有着截然不同的味道。

袴田在各个地区的警局混过，对这种“味道”极其敏感。

也许，这才是当了这么多年无能刑警的证明吧。

他走向京成线的站台。

一个男人坐在站台的长椅上。一见到袴田，他便站了起来。

那是个四十五六岁，中年发福的男人。

“好久不见啦，”他热情地说道，“袴田大哥，您真是一点儿都没变。”

“怎么会啊，我也上了年纪啦。”

“我们都多少年没见了？五年？不，有六年了吧？”

“差不多吧。不好意思啊，星期天还叫你出来。”

“没事儿，反正在家待着也是陪着老婆孩子到处跑。我老婆带孩子去看‘暑期漫展’了，再过三十分钟就回来，之后我再带孩子去动物园玩玩，让我老婆去百货店逛一圈。”

“你也挺不容易的嘛。”

“在羽田干的时候倒还好，谁知我一调到成田，我老婆就会不时往市中心跑一趟。唉，真拿她没办法——”

男子笑道。

此人姓椎名，是一位在海关工作的公务员，平时在成田机场的行李检查部门上班。他的工作，就是检查来自国外的旅客的行李。

海关的检察员有调查权，却没有逮捕权，所以他们需要与警方通力配合。

几年前，椎名还在羽田机场工作，而当时袴田恰好被调去了管理羽田机场的警署。他们就是这么认识的。

不久后，椎名被调往成田机场，袴田也被踢去了另一所警局，于是他们就很少见面了，但还是会互寄贺年卡什么的。

他们走上站台的楼梯。

上野站的车站大楼里有许多餐厅与咖啡厅。

没走几步，便是一家牛肉盖饭店。

“就这儿吧？”

袴田问道，椎名点头同意，于是他们便快步走进店里。

他们点了盖饭、酱菜和啤酒。

“先干杯吧——”

两人以碰杯代替寒暄。

椎名喝了口啤酒后问道：

“你要问缉毒犬的事儿是吧？”

“嗯，”袴田点头道，“你们海关都有缉毒犬的吧？”

“嗯，是啊。”

“那缉毒犬一般是在哪儿工作的呢？我没出过国，只去成田机场办过事，可我从没见过缉毒犬啊。”

“哦，它们在行李提取处呀。”

“……”

“就是乘客领托运行李的地方。工作人员会卸下飞机上的行李集装箱，把里面的行李箱放在传送带上。这个时候我们就会牵着缉毒犬出来，让它们在行李上闻一闻。毒品藏得再好，缉毒犬都能闻出来。狗的嗅觉可不是一般得灵敏哦。”

“毒贩子肯定知道机场里有缉毒犬吧？”

“应该知道的吧。全世界的机场都有缉毒犬呀——”

“他们会不会想方设法让缉毒犬闻不出毒品呢？”

“当然会啊。有人会在箱子里放一些带有刺激性气味的东西，比如腐肉什么的。狗很受不了腐臭的，一闻到腐臭，它们就闻不出其他味道了。不过那个用腐肉的毒贩子并不知道把肉类带进日本是要收税的，结果我们就把他的肉跟毒品一网打尽啦——”

“呵……”

“汽油的挥发臭也挺棘手的。光用香水就不行啦，狗还是能闻出来的。”

“那空姐呢？空姐的随身行李需不需要缉毒犬过目啊？”

“空姐的随身行李吗？”

“嗯。”

“嗯……空姐的免税范围比较大，除非她的行李特别多，否则我们是不会仔细检查的。当然，我们的确发现过携带大麻或其他毒品入境的空姐。如果某个空姐有贩毒的嫌疑，我们就有可能使用缉毒犬。”

袴田咬紧下唇。

他几乎没喝啤酒，一副若有所思的样子。

椎名看了看手表说道：

“哟，时间不早了，我要是迟到，我老婆肯定会念死我的。”

“嗯，你先去吧，”袴田站起身，低头道谢，“不好意思啊，大老远把你叫出来……”

“没事儿，不知道我提供的情报能不能帮上你的忙。”

“当然能，帮大忙了。啊——”袴田犹豫片刻后说道，“也许你用不上这个……”

“啊？”

椎名一脸莫名。

“但我是个单身汉，更用不上了……呃，是这样的，我手头有点壮阳药……是别人硬塞给我的。可我用不上啊。要是你有兴趣，不如拿回去试试吧。”

袴田说这话时也非常尴尬。

盛夏的毕业典礼[①]

1

好热。

这都下午四点了，可阳光依然灼热。

泳池的水反射着刺眼的阳光，连水珠都如此闪耀。池底的蓝色，几乎快渗到眼睛里了。

周日的芝G泳池人头攒动。

广播里播放着南天群星[②]的曲子。

① 日本的毕业典礼一般在3月。

② 著名乐队。

忽然，志穗察觉到她附近有人。

她推了推墨镜。

沙滩椅前，站着个年轻女人。

只见她双肩隆起，五大三粗，穿泳衣显得很不搭调。

她是片区警署交通课的女警。

柔道三段，合气道二段。八百年没穿过泳衣了。

为了完成任务，她不得不换上泳装。这也让她不爽到了极点。

女警的视线一扫。

让志穗去汇报情况。

之后，她便不动声色地走开了。

本厅搜查一课与片区的警官们分散在泳池的各个角落。人数足有十多人。谁都不敢轻举妄动，唯恐打草惊蛇。

志穗起身，走向泳池边的刨冰铺子。

穿着夸张的夏威夷衬衫，满头大汗地做着刨冰的，是片区警署的警官。

志穗来到铺子跟前，说道：

“麻烦来个草莓味的。”

“好嘞！”警官点点头，随即扫视四周，确定没人在看之后，便低声说道：“主任！”

井原主任就站在铺子旁边。他也穿着夏威夷衬衫，戴着深色墨镜。他头朝泳池，没有在看志穗。

“你来我这儿的时候能不能披条毛巾啊。”

井原气呼呼地说道。

他都不知道该往哪儿看才好，只能扭头吃他的刨冰。

可志穗也是身不由己啊。

她是诱饵搜查官，她的任务，就是吸引杀人犯的注意。所以她穿上了生龙活虎版由佳穿的比基尼。比基尼血红血红的，大腿的开口还特别高。志穗自己也觉得很难为情。

——开什么玩笑。

是你让我穿成这样的好不好。现在却让我披毛巾，这不是自相矛盾吗！

但井原还是没敢看她。

“袴田貌似在单独行动。他打电话给室井君子的验尸官，问了很多有关她的手指的问题——”

井原小声嘟囔着。

“手指？”

志穗也没有看井原那边，不知道的还以为她在自说自话呢。

“嗯，手指。我还没详细问过验尸官，反正袴田问的问题都挺奇怪的。”

“……”

“不仅如此。他还去爱宕警署的‘连环纵火案’搜查本部借了那段芝公园的录像。虽然他很快就把录像带还回去了，但他跑去鉴识课打印了几张照片。”

“……”

“他到底在查什么？为什么不跟我们商量？这样简直是在帮倒忙。你知不知道他在查什么？”

志穗只得默默摇头。

她早就看出袴田有了思路。不知为何，他决定独自思考，独自调查。志穗虽然是他的搭档，却不知道他到底发现了什么。

井原狠狠“切”了一声。

他悄无声息地离开了刨冰铺子。

“久等啦——”

警官大声吆喝着，将刨冰递给志穗。

他的演技好像有些过头了，但谁都不知道杀人魔在哪儿。提防着点总归是好的。

志穗拿着刨冰，回到了沙滩椅上。

她能感觉到男人们的视线。

茅野幸枝每周来这座游泳池两三次。将室井君子扒光，掐了她的脖子，又杀害茅野幸枝，给她换上比基尼的变态杀人魔，很有可能就潜伏在这座泳池。

不在泳池，就是在芝公园地区的其他地方。

总而言之，杀人魔肯定在物色下一个受害者。没错，他正在某处徘徊，在寻找与由佳娃娃相像的女人……

志穗坐在沙滩椅上，舀了一勺刨冰。

糖浆滴在了泳衣上。

泳衣是红色的，草莓糖浆滴上去也不会很明显。

但糖浆会透过泳衣渗进去。那粘腻的触感，叫人不由得想起——鲜血。

多么不祥的联想啊。

——袴田大哥为什么要单独行动呢？

志穗担心起来。

志穗眼中的袴田，绝不会如此卖力。

袴田实在不是个热心肠的刑警。他老奸巨猾，经验丰富，正因为如此，他才不会对“刑警”这份工作抱有任何不切实际的幻想。他很清楚，刑警只是他的职业罢了。他只做分内事，绝不多干一分钟。

警界，是个彻头彻尾的金字塔组织。站在调查第一线的警官越是努力工作，就越是得不偿失。

一课的井原深知其中的矛盾，也为这种矛盾郁闷过，愤怒过。但他仍会执着地追查犯人的下落。

难道他是为了实现社会的正义吗？这也太冠冕堂皇了些。也许刑警跟猎犬一样，有着不达目的绝不罢休的天性。

但袴田和普通的刑警不一样。他对“刑警”这份工作很冷淡，心中满是自嘲。电视剧中的热血刑警，和袴田没有任何共同之处。

为什么平素冷淡的袴田会独自展开调查呢？这实在不是他的行事

风格啊……

志穗用纸巾擦掉身上的糖浆……

——袴田大哥，你到底怎么啦。你在偷偷摸摸查些什么呢……

志穗在心中呼唤着袴田。

2

下午四点——

挥别椎名之后，袴田给新宿的老人打了电话。

老人办事果然滴水不漏。

他搞到了袴田想要的情报。

“好，多谢！”

袴田挂了电话，走回山手线的站台。

他要回原宿一趟。

如此奔波，难免疲惫。

大热天的，却走了这么多路，脚步自然沉重。

八月三日星期一，晚上十一点左右——“芝公园连续纵火案”搜查本部的伏击人员拍摄了一段芝公园周边地区的录像。

袴田请鉴识课截了几张图，打印出来，并将其中的一张交给了新宿的老人。

照片上，有几个高中生，有男也有女。

由于录像时周围光线不足，照片显得非常模糊，只能勉强分辨出高中生身上的校服。

警视厅的电脑系统无法根据校服查出学校的名字，但是——

袴田可是在各大警署混过的老油条。只有在这种时候，他才能发挥出真正的实力。

袴田和一路平步青云的刑警不一样，他手上有独特的人脉。

在红灯区，有一群专做女高中生生意的家伙。他们能根据学生身上的校服，判断出这个学生就读于哪所高中。

老人帮袴田找了一位“专家”。专家一看照片，便报出了校名。

真没想到。

那是东京的一所名校——F校的校服。F校是一所完中，设有小学部、初中部和高中部。校方尊重学生的个性，校风比较自由，但学生的水平也很高，考上一流大学的学生比比皆是。

——那种好学校的学生，怎么会……

老人把调查结果告诉袴田时，袴田大吃一惊，他甚至开始怀疑自己的推理了。

然而，他很快舍弃了疑惑。

当刑警的过程，就是抛弃对人类的无谓幻想的过程。

名校又如何？一流大企业又如何？精英官僚又如何。人总是愚蠢的、自私的、好色的，没有人能免俗。

在原宿站下车后，他走回竹下大道。

“Express Kids”依然客似云来，挤满了年轻人。

袴田站在马路对面的人行道上，凝视着店门口的年轻人。

他瞅准其中的一个，走过去问道：“你是F校的吗？”

袴田绝不能让店员看见他，所以他非常小心。

他接连问了好几个。问到最后，总算有人回答道：

“嗯，是啊。”

那孩子个子高高的，看上去很有教养，脸上稚气未脱。

“那你认不认识其他常来这家店的同学？”

“怎么会不认识啊，大家都是好朋友呀。”

“这样啊。”

“嗯。”

“你们一共有多少人啊？”

“嗯……二十来个吧。不是很多的。”

“二十个……”

袴田眉头紧锁。

这个人数超出了袴田的预料。这个范围未免太大了些。

“你能联系上其他人吗？”

“大叔——”男孩忽然警觉起来，“你是什么人啊？”

“我不是可疑人物，你别担心。我只是有些话要问你的朋友们罢了。能不能帮我联系一下啊？”

男孩还在犹豫，喃喃道：“怎么办呢……今天可是毕业典礼啊……”

“毕业典礼？大夏天的，谁会搞毕业典礼啊？”

袴田惊愕地眨了眨眼。什么学校会在这种季节举行毕业典礼啊。

“真的有毕业典礼哦。”男孩道，“大叔，你稍微等我一下。”

他走到远处，掏出移动电话。

拨了个号码，说了几句。

电话很快打完了。

他将电话塞回口袋，走回袴田身边说道：

“大叔，我可以带你去见他们。”

“哦，那真是太感谢了。麻烦啦。”

“不麻烦，不麻烦。”

男孩带起了路。

袴田跟上。

原宿紧邻明治神宫与代代木公园。

从原宿站出发的话，直接走南参道会更近一些。

他们走进了代代木公园。

绿树成荫。

白天的暑气尚未退去，但公园里总归比大街上凉快些。

远处的啤酒花园已是华灯初上。

男孩走去了池塘边的小路。

那个方向有一片森林，好似大公园中的孤岛，路人立刻变少了。

男孩没有回过一次头，一个劲儿地往前走。

周围越来越冷清了。

“你要去哪儿啊？”

袴田问了好几遍。

男孩只是含糊其辞道：“很快就到了。”

突然男孩停下脚步，回头望向袴田说道：“到了，就是这儿。”

袴田环视四周。

真没想到，代代木公园里还有这么块地方。

四周皆是郁郁葱葱的大树，极其隐蔽。

简直跟废料安置处一样。

篮网、破破烂烂的长椅随处可见。

暗处，有几个蠢蠢欲动的人影。

他们逐渐将袴田团团围住。

有六个，不，是七个。

他们都是F校的学生。

家教好，成绩优异。

没错。他们都还是孩子。但他们比袴田长得高，长得壮。他们是如此年轻，散发出威猛的雄性气息。并且，他们毫不掩饰对袴田的敌意。

——唉，办事儿啊，不能全凭经验。

袴田在心中如此自嘲。

他本以为他要对付的是一群乳臭未干的高中生，于是便放松了警惕。他经验老到，殊不知一群能当他儿子的小屁孩给他下了套。

“听说你们要搞毕业典礼啊——”袴田平静地说道，“你们是不是准备唱一曲《萤之光》[1]啊？”

3

志穗离开了泳池。

回到女更衣室。

她手上还拿着没吃完的刨冰。

片区警官并不是个合格的店员。他倒了太多的糖浆，腻死人了。

泳池那儿没有垃圾桶。

所以志穗想把垃圾扔到更衣室。

现在是五点。

时值夏日，天黑得比较晚。芝公园即将摇身一变，成为恋人们的圣地。

志穗将换上由佳娃娃式的白色连衣裙，前往芝公园。

凶手至今没有上钩。

---

① 日本名曲，原曲为苏格兰民谣《*Auld Lang Syne*》。

难道茅野幸枝不是在泳池被盯上的吗？

现在失望，未免为时过早。

芝公园是警方的最后一线希望。

当然，男警官们没法跟到更衣室里。

但志穗不用担心，还有女警呢。

这时，一个人影出现在志穗面前。

“小姐你好呀——”

来人的语调有些奇怪。

那竟是个人高马大的外国人。

身高至少有个一米九，体重至少有个一百公斤吧。

他穿着背心与短裤，很是随意。

胸口与腹部满是赘肉。光是看着他都觉得恶心。

志穗大惊失色。

立刻环视四周的走廊。

真不凑巧。湿漉漉的走廊上空无一人，也不见女警的人影。

——搞什么啊，为什么女警没跟来啊！

志穗急了。

“小姐，”外国人色眯眯地说道，“跟我约会吧。陪我去兜风吧？”

“不不不——”

志穗赶忙拒绝，还拼命摆手。

她努力学习过英语，可就是学不好。越是学，她就越是怕和外国人打交道。

“别害怕嘛，我很温柔的，我不会把你怎么样的。”

“再温柔也没用——”

志穗一个转身，想从他旁边闪过。

然而，那个外国男人居然很敏捷。他一把抓住志穗的肩膀，将她按在了墙上。

可志穗也不是吃素的。她接受过严格的训练。身体下意识地做出了反应。她抬起膝盖，猛击男人的要害部位。

不幸的是，那人实在太胖了。他浑身都是赘肉。志穗的膝盖只是在赘肉上反弹了一下而已。被这么踹一下，根本不痛不痒。

外国人哈哈大笑，随即说出了一句莫名其妙的话：

“你别担心，我会付钱的。你要多少啊？”

志穗顿感热血上脑。这个外国人，居然误以为志穗是妓女。这是何等的耻辱啊。

“开什么玩笑……”

志穗本想高声呼救，却被外国人捂住了嘴。他的力气还挺大。志穗只得呻吟，根本喊不出声来。

外国人再次哈哈大笑。

他将身子压了过来。那肥硕的巨体，简直让志穗作呕。志穗拼命抵抗，却完全推不动他。

外国人还把脸凑了过来，想强吻志穗。

志穗奋力摇头，捂着她的嘴的手愈发用力了。志穗被制得死死的，动弹不得。

外国人的双唇如橡胶条一般。一条舌头伸了出来。粉红色的舌头，湿漉漉的。

忽然，志穗听见一旁有人喊道：

“住手，唐尼！她不是的！”

志穗朝声音的来源望去。

来人是个男的。

而且，她也没想到会在这儿见到他。

那是个穿着夸张的夏威夷衬衫的，寒酸相男人——

是跟被害者茅野幸枝同居的白井。

“不是的？”外国人很是诧异，“白井，她不是的吗？”

“嗯，她不是的，要是你再对她动粗，警察一定会逮捕你的。”

“逮捕？”

“就是 Arrest。Go to Jail（进监狱）。”

“哦！”外国人慌了，他缓缓松开志穗说道，“对不起，是我的 Mistake。”

志穗可不会轻易放过她。

她一声怒吼，身体如弹簧般跃起。她将刨冰猛砸到那个外国人的脸上。

外国人惨叫不迭，满脸都是红色的糖浆。他吓得直往后跳，还用手去摸脸。他的手上，也是一片血红。

“血！”他高喊道。

“吵死了！”

志穗跨出一步，用双手牢牢按住他，再用膝盖猛地一踹。因为这次固定得比较好，所以她的腿击中了要害。

外国人尖叫着。

用双手捂住要害，倒地不起。

还不断地抽搐，显得极其痛苦。

“哎哟，他一定很疼吧——”

白井皱起眉头说道。

而志穗则转向白井说道：

“原来你是个拉皮条的啊。而且，你利用的还是自己的老婆。”

她的口气极其严厉，她的气还没消呢。

“你说我是皮条客，我也没法反驳。也许我就是个皮条客吧——”

白井自嘲道。

“岂有此理。让老婆出去卖身的男人都是人渣！”

“你想骂就骂吧。我的确是自由撰稿人，但卖不出文章的自由撰稿人就是丧家之犬。我还想要个项圈呢，可谁都不愿意养我啊。我老婆实在看不下去，就开始出来卖了。她总是在泳池和芝公园拉客。我太胆小了。我也不想她出去卖的，可我又不敢跟她明说。渐渐的，我就开始帮她介绍外国人了——”

“……”

“她被坏人杀了，我气啊。我也想快点抓住那个混蛋，所以我总会来泳池和公园逛逛。这时，我看见了你。我一眼就猜出了你在干什么——因为你打扮得跟我老婆一模一样。我还看见这家伙跟着你进来了——他也是我老婆的主顾之一。我心想，这家伙肯定是误会了，于是就冲过来了。”

“我可不想谢你。你不值得我道谢。”

“我知道——”白井的表情显得如此无力，“我知道……”

这时，女警总算赶到更衣室了。

女警套着件浴袍。

见一个外国人瘫倒在地，不住地呻吟，她脸色一变，大声问道：“你没事吧？”

“你到哪儿去了啊！”志穗反问道。

“我本想立刻跟上的，可——”女警难为情地回答道，“我……我的身材不好，穿泳装实在不好看，我就想找个东西披一下，于是就……来迟了……”

柔道三段、合气道二段的女人，也有爱美之心。

女人何苦为难女人，志穗也不打算再责备她了。

女警惊讶地瞥了眼白井，说道：“对了，你的搭档袴田出事了！我们刚接到消息！”

发黄的手指

1

发现袴田的，是原宿精品店的店员。

他和同事在啤酒花园喝酒来着。为了醒酒，他就来代代木公园散了个步。

走着走着，他发现野鸟园附近的树丛深处，有个人趴在地上。

他本以为那是个醉汉，可定睛一看，那人的衬衫上分明沾着血，于是他便立刻打电话叫了救护车。

当时恰是傍晚五点半。

袴田被立刻送往代代木急救中心。

刚上救护车时，袴田还没有完全昏迷。

急救队员询问了他的姓名,但他没有回答,而是喃喃道:“毕业……”

“毕业？谁毕业了？”

急救队员追问道。无奈袴田说完“毕业”二字后，便失去了意识。

好在袴田身上有警察手册，所以急救队员很快查明了他的身份。

在急救中心待命的医生们立刻将袴田送进手术室。

袴田的面部、颈部、肩部、手臂、胸部都有瘀伤，左后脑还有严重的皮下出血。

换言之，袴田被群殴了一顿。左腹部还有鞋印，肯定是他倒地后被人踹的。

医生很担心他的头盖骨，好在骨头没有凹陷。

七点——

袴田总算脱离了生命危险，从急救室转去了普通的单间。

只是他仍处于昏迷状态，心跳与血压都很低，情况不容乐观。

志穗接到消息后立刻赶去了急救中心，但医生不让她见袴田。

管理代代木公园的警署派了几名刑警过来。

也是。

这是一起性质恶劣的暴力案件。一个不小心，就是牵扯到人命的大案子。

无奈当事人袴田昏迷不醒，刑警们只能稍微打听下伤者的情况，打道回府。

志穗也只能坐在走廊沙发上干等着。

“请问病人的亲属在吗？”

护士如此问道。志穗语塞。

仔细想来，志穗对袴田的私生活一无所知。她只知道袴田离过婚，平时一个人住，但她并不清楚袴田离婚的前因后果，也不知道他有没有孩子。

——我居然这么不了解他……我算哪门子的搭档啊……

志穗不禁惊愕。

她给袴田家打了个电话，可电话一直没人接。

袴田平时一个人住，却连电话答录机都没买。这一点，也体现出了老刑警的孤独不是吗。

特被部的柳濑君江送了套换洗衣服过来。

柳濑君江是警界极为罕见的女性刑警。她原本在深川警署的刑事课工作，后来就被调来了特被部。

她平时总是留在办公室里，是特被部的联络塔。她才三十二岁，却颇有些“特被部老妈子”的派头。

特被部部长远藤慎一郎实在走不开，没法赶来探病。

“他说他明天再来——”

柳濑君江对此甚为不满。

远藤慎一郎是犯罪心理学的专家，尤其擅长“被害者学”。他已成学界的传说。

象牙塔里的人总免不了有些冷淡，不会和现实中的人有太多交集。

这就是所谓的“天才”吧。

志穗向柳濑君江打听袴田的私生活，可柳濑君江也说不出个所以然来。

“我也不清楚哎，因为他平时很少说自己的事儿嘛。”

“我听说他结过一次婚，不知道他夫人现在在哪儿哎。是不是去世了啊？”

“我也不知道。袴田大哥平时大大咧咧的，又好吃懒做，可他的日子啊，过得也挺清冷的呢。”

两个女人陷入了沉默。

志穗心中更是五味杂陈。

袴田是她出任务时的搭档。袴田救过她好几次。可她对袴田的了解寥寥无几。志穗忽然意识到，也许我是个非常冷血的人。

急救中心没开冷气。

——我到底有多了解袴田大哥呢？

志穗急得满头大汗。

2

十点多时，一个意料之外的人物来到了急救中心。

他正是东京地检的小仓检察官。

“我听说袴田警官的事儿了，真要命啊——”

小仓检察官一脸沉痛。

志穗只得点头，一句话都说不出来。

小仓检察官与袴田素未谋面，恐怕袴田都没听说过小仓检察官的名字。

——他怎么会到这儿来啊?

志穗很是疑惑。

而且——

——糟了！我的妆是不是花了啊！

她更担心自己的脸皮。

她顶着烈日在泳池坐了一天，之后又赶来了急救中心，连照镜子的工夫都没有。

这种念头，也让志穗愈发地无地自容。

小仓刚结束为期一年司法实习，才被调去东京地检没多久。

他还是个菜鸟检察官。

新检察官会处理一些普通的刑事案件，审问嫌疑人，办理起诉手续，书写报告。

他跟志穗只打过几次照面而已。但志穗侦办某起案件时，曾接到过小仓检察官的电话。

那是意料之外的善意。不，那岂止是善意啊。

小仓向志穗提供了地检的机密情报。

那是志穗第一次，也是最后一次跟小仓检察官交谈。

只是打过照面而已——

没错，他们的关系就是这么简单，但志穗竟对这位检察官产生了别样的好感。

他的浓眉大眼与男子汉气概，叫志穗心如鹿撞。

“我知道你们很忙，本不想来打扰的——”小仓客气地说道，“医生跟我说，袴田警官被人群殴了……伤势很严重。真是太过分了……片区有没有锁定嫌疑人啊？”

“还没有，他们才刚开始搜集证词呢。正式的调查工作得等袴田大哥清醒过来再说。”

“他还没醒吗？”

“是啊——”

小仓脸上阴云密布。

“这事儿可真是……”

“是啊……”

小仓的用心，让志穗很是欣慰。

柳濑君江则兴致盎然地望着这两位年轻人，说道：

“我在这儿候着就行了，你们找个方便说话的地方吧——”

柳濑君江是想成人之美。没这点心思，怎么当得好“特被部的老妈子”呢。

会客室里空荡荡的。

只有一位老人，端坐在电风扇前。

风扇摇头时总是嘎吱作响。

“这家伙跟我一样，上了年纪喽。”

老人每看到一个人，都会来上这么一句。

有人当作没听见，有人则微微一笑。

但没有一个人会坐下来陪他聊两句。

老人总是如此孤独，只有风扇和他大眼瞪小眼。

志穗找了个离老人稍远的位置。

前一阵子，小仓曾打电话给志穗“通风报信”过。他们萍水相逢，小仓能做到这个份儿上已经很不容易了。

“上次真是太谢谢你了——”志穗总得先道声谢，“我早就想跟你道谢了，只是……怕给你添麻烦……”

“没事，举手之劳罢了，”小仓淡然道，“希望袴田警官能快点好起来。”

“他啊，命硬得很，应该没什么大碍吧——”志穗犹豫片刻后问道，“呃……不好意思，我想问一个很唐突的问题……请问你认识袴田大哥吗？”

“不，我没见过他。”

“那你为什么要来探望他啊？”

他会不会回答“我是来见你的”呀？——志穗暗自期许。

然而，她很清楚这是不可能的。就算小仓检察官真有这个心，他也不会轻易将小心思说出口。他可没那么轻浮。

小仓检察官思索片刻后，终于下定决心。

“请问……你知不知道袴田警官当年和谁结了婚？啊，请你不要误会，我并不是在八卦……”

“袴田大哥和谁结了婚？”志穗懵了，“我不知道啊——”

“我也是从前辈那儿听说的……毕竟那已经是十多年前的往事了。当时，袴田警官爱上了一个女人。但那个女人，是所谓的‘不宜交往的女性’。”

“……”

志穗曾见过警方的《生活指南》手册。

县警会把这类手册分发给警官们。“不宜交往的女性”就是其中的一个章节。

有夫之妇、寡妇、与暴力团有关的女性、妓女……这些都是警察“不宜交往的女性”。

除了未婚妻，不得与女性单独相处……不得有婚前性行为……若越雷池一步，需尽快登记结婚——每一句话都是如此迂腐。然而，这就是警官必须遵守的职业守则。

搞婚外恋的警官，会被立刻调去其他警署。

跟干货一样索然无味的袴田，竟有过激情四射的青春岁月？志穗简直难以想象。而且，他爱上的居然是“不宜交往的女性”。这真的不是个性质恶劣的玩笑吗？

“难道……他爱上了有夫之妇？”

这是志穗的第一反应。

“不不……当年袴田警官在F署的防犯课工作，专搞风纪，扫黄打黑什么的。在工作的过程中，他爱上了辖区里的一个陪酒女。陪酒女也是‘不宜交往的女性’。而且，那个女人甚至不是日本人——”

“……”

“我听说，那个女人是菲律宾人。袴田警官的上司自然不会听之任之。要是袴田警官还很年轻，上司还能把他调去别的地方，强行将他们拆散，可袴田警官都快四十岁了，根本不听劝。最终，上司只能批准他们的婚事，但袴田警官必须调到另一个警署去，而且女方也得辞职。于是袴田警官就去了S署，并和那个菲律宾人登记结婚了。可是……”

“他们的婚姻出问题了？”

“是啊。婚后三个月就不行了。那个女人突然蒸发了，连张便条都没留下。袴田警官毫无头绪。最要命的是，他的老东家F署流言四起……”

“流言？”

“据说袴田警官的妻子在结婚前卖过大麻和海洛因。而且她并不是个体户，而是贩毒组织的一员。有人指证了她。她之所以和袴田警官结婚，也是为了获取警方内部的情报。袴田警官一换工作地点，就无法继续当她的情报源了，所以她就离家出走了——”

“天哪，真有过这么回事吗？”

“我也不确定……我只听说，打那以后，袴田警官再也没见过那个女人，”小仓一脸沉痛的表情，“离家出走几天后，那个女人寄了张离婚申请书过来。但地址那栏是空着的。S署的上司逼袴田警官二选一，要么离婚，要么辞职。这回，他就不得不听了——”

志穗只得沉默。

小仓话锋一转。

“我之所以说这些，并不是想揭袴田警官的伤疤。我只是觉得，这段往事有助于解决这次的暴力伤人案罢了。我听说袴田警官在单独调查‘娃娃连环杀人案’，甚至没跟搜查本部打招呼。说句不中听的话，袴田警官平时不会那么勤快的。你是他的搭档，这一点，没人比你更清楚了。”

“……”

“袴田警官离婚后，就离开了S署，之后也是这里做一会儿，那里做一阵。他在每个警署的口碑都不好。大家都说他干活不卖力，没激情。只是——”

“只是？”

“他一碰到和大麻、海洛因有关的案子，就会跟发了疯一样，拼命调查。有时甚至会出手打伤毒贩子。所以他的同事们都拿他很没办法。他回本厅后，本厅就把他踢去了特被部，这也是为了避免他再生事端。”

“袴田大哥——”志穗喃喃道，“一定很爱很爱那个菲律宾人吧。”

“那个女人是‘不宜交往的女性’。F署的辖区一旦传出对她不利的消息，她就人间蒸发了。也许她并没有爱过袴田警官，但——”小仓点点头，“嗯，袴田警官一定爱得很深切。”

“……”

“我想说的就这些。听说袴田警官在单独调查时被人打了，我便想起了这件事。要是你觉得我在多管闲事，就把我刚才说的都忘了吧——”

小仓起身。

之前他给志穗打电话的时候也是“自说自话”，说完就挂。

例行公事般的冷淡态度，叫志穗气不打一处来。

东京地检有不少对诱饵搜查官持否定态度的检察官。身为菜鸟检察官，小仓不得不顾忌着周围人的视线。抑或许是，他对志穗并没有个人层面的兴趣。

也许，志穗就不该多问。她就该老老实实地接受他的好意，不要多想。

然而，见小仓要走，志穗还是问了。

“你为什么这么照顾我们特被部啊？”

小仓回过头来。

他的表情，略显微妙。那是欲言又止的表情。

好似展翅欲飞的鸟。他扇动翅膀，飞走了。

“我听说‘娃娃连环杀人案’的搜查本部决定用诱饵了。身为检察官，我认为诱饵搜查是违反宪法的。但我个人……还是希望你能有所建树的。”

小仓的自制力很强。他的语气中，没有任何抑扬顿挫。

“谢谢。”

志穗低头道谢。

小仓眯着眼睛，望着志穗，随后喃喃道：“再见。”说完，他便离开了会客室。

——他到底想说什么呀？

志穗不得不思考这个问题。

小仓有话要说。

莫非他想跟志穗表明心迹？这么想倒是不错，可志穗还没有自恋到那个地步。遗憾的是，志穗认为——小仓想说的话，要更纯粹一些。

他到底想说什么呢？

志穗正要走回袴田的病房，谁知一旁的老人说道：

“这家伙跟我一样，上了年纪喽。”

但他并不指望志穗回答，说完便把头扭到一边去了。

3

八月十日，星期一——

今天，东京又停电了。

停电从清晨六点二十五分开始，持续了五分钟。停电的区域是港区和大田区的一部分。

照理说，这年头是不太会停电的。

夏天的确是居民的用电高峰，但电力公司有能力满足居民的用电需求，不会轻易拉闸。

除非台风暴雨把电缆弄断，或是变电站被人炸毁，否则是不太会停电的。

电缆与变电站都没问题。

可东京依然接连停电。

东京电力正竭尽全力追查停电的原因，无奈至今收获全无。

这也让东京的市民们产生了些许不安。也许，东京这个大都会的深处，有什么东西开始腐坏了，开始衰亡了。

东京是不是生病了？是不是哪个齿轮出问题了？……

然而——

好在停电时间是清晨六点，没有给人们是生活造成太大的影响。

那天，爱宕警署与三田警署面临着前所未有的两难境地。

每周一，都会有人纵火。

“芝公园连续纵火案”的联合搜查本部自然想在周一展开伏击行动。

但“娃娃连环杀人案”的搜查本部也想继续使用诱饵。

两个搜查本部位于不同的警署，但“芝公园连续纵火案”毕竟是又两所警署联合侦办的案件，警官们难免发愁。

同时调查两起案件的压力实在太大，一不小心便会阵脚大乱。

双方的本部长（署长）、刑事课长、本厅搜查一课的组长讨论了半天，决定优先处理“芝公园连续纵火案”。

志穗巴不得他们优先纵火案呢。

——袴田大哥到底在查什么呢?

她想先把这个问题搞清楚。

据说,袴田打电话找室井君子的验尸官,问了几个有关手指的问题。

于是志穗便从搜查本部打电话去问了一下。

“哦，他问我有没有检查被害者的食指和中指。我说没有，因为这是鉴识课的工作嘛。袴田警官好像也问过鉴识课那边，可他们也没查。”

“他问被害者的手指干什么啊？”

“也许和大麻有关吧——”验尸官倒是一点儿都不含糊，“抽大麻的人常会把大麻跟烟草混在一起。抽久了，食指和中指上就会有毒品的残留。就好像抽烟的人的手指会发黄一样。袴田警官想知道被害者的手指上有没有大麻的残留成分吧。可惜我跟鉴识课的同事都没检查她的手指。事已至此，就是想查，也无从查起了。”

“大麻……”

果不其然。

小仓提供的情报果然是正确的。

袴田被菲律宾来的前妻伤透了心。一碰上大麻，便会失去理智。

而室井君子的案件，也与大麻有关。

问题是，袴田是怎么察觉到这一点的呢？

——一定是那天！

和“Express Kids”的老板辰巳富久谈话的时候。

袴田问辰巳要不要抽烟，但辰巳一口回绝称，我不抽烟。

辰巳多心了。他还以为袴田想用烟蒂验他的血型，但袴田并没有这个意思。

而且，袴田的表情略显惊讶。

志穗太大意了。恐怕袴田看到的，是两根发黄的手指。

手指是黄的，可辰巳却说：“我不抽烟。”

袴田对“大麻”是何等敏感，他岂会不往大麻上想呢。

“那解剖结果呢？遗体里有没有大麻的成分啊？”

“大麻里有一种叫四氢大麻酚的成分，简称THC，它能引起晕眩感。可没有一种方法能准确检测出血液或尿液中的THC。就算解剖了，也不知道死者生前有没有吸食大麻的习惯。”

志穗道谢后，便挂了电话。

她思索片刻后，又打去了T航空。

她要找的，是室井君子的上司，铃木郁江。

志穗就怕她出国，好在她刚从香港回来。

“您好，我是铃木。”

铃木郁江极其不悦地说道。

她做梦也没有想到，警方的人会再次找上她。她还以为，室井君子的事儿已经了结了呢。她还以为，她的太极拳把警方打发走了。

组长，是整个乘务组的领导。她岂能不了解部下的方方面面。可上次见面时，铃木郁江没有提供任何有价值的线索。

志穗综合种种迹象，得出了一个结论：他们公司下了死命令，不让她多嘴。

旁顾左右而言他，把警方打发回去。

铃木郁江是个优秀的空姐，但志穗也是个优秀的搜查官。

“您好，我是特被部的北见，上次跟您在俱乐部见过面的那个。是这样的，我还有几个问题要问您——”

“什么问题？”

“有关大麻的问题。”

“……”

“上次您没有正面回答我们的问题，这一次可不行了。还请您知无不言，言无不尽。”

“……”

铃木郁江明显慌了神。

志穗的"先发制人法"奏效了。对方一慌，接下来的事儿就好办多了。

"室井君子是不是有抽大麻的习惯？贵公司是不是已经开始怀疑她了？"

"我不知道。也许她在外国抽着玩过吧——"

"我想知道的不是这些无关紧要的事儿。您很清楚我要问的是什么。"

"……"

"室井君子是不是把大麻偷偷运进日本了？而且您和公司都察觉到了这件事，所以您上次才没有正面回答我们的问题，不是吗？"

"不，公司并不知情……"

志穗不住地窃笑。

人一慌，就会说真话，就算壮着胆子撒谎，那也是一戳就破的谎言，欲盖弥彰。

铃木郁江在拼命掩盖事实，可惜她的努力并没有成功。

志穗到头来还是没问清楚有没有"大麻"这回事。但这通电话，并没有让她失望。

她能感觉得到，她没猜错。

只要请铃木郁江回来"配合调查"，她的意志便会缴械投降。不等她到警局，她便会和盘托出了。

今天，志穗不用当诱饵。傍晚六点，她便下班了。

她去了趟急救中心，可袴田还没清醒过来。

她见不到袴田，就算是见到了，恐怕也没法交谈。但她还是在急救中心待了很久很久，直到末班车快开走的时间。

袴田的婚姻非常不幸。他的伤口，至今未愈。

袴田快五十岁了。无依无靠。

志穗这个搭档，总得为他做点什么吧。

志穗岂会知晓。

就在她等候在医院的时候，第三个由佳娃娃遇害了。

开新车的由佳娃娃

1

尸体出现在六本木三丁目。首都高速的谷町斜坡附近的停车场——

停车场的规模并不大，最多停五六辆车。

背后便是首都高速的高架，两侧都是高楼。

深夜——

一辆凯迪拉克头朝里停在停车场里，车并没有熄火。

那是一辆红色的敞篷车。

这座停车场没有与任何车辆签约，停车场的工作人员也没见过这辆车。

而被害者，就在这辆凯迪拉克上。

深夜两点，路人发现了尸体。

一位工薪族走出了六本木的俱乐部。为了打车，他便往前走了一段路，碰巧路过了这座停车场（也许他是想找个地方“方便”一下）。这时，他瞥见停车场里有一辆没熄火的车，便起了疑心。他探头一看，只见车里有个仰面躺着的死人，便立刻拨打了报警电话。

在附近巡逻的警车火速赶往现场。不久后，片区警署刑事一课的警官与鉴识课员也到了。

这座停车场位于六本木三丁目，归麻布警署管辖。

而麻布警署迅速联系了“娃娃连环杀人案”的搜查本部。因为他们发现，这起案件与前两起案件有着异曲同工之妙。

现场有个由佳娃娃。

娃娃被人放在了引擎盖上。

那个娃娃，也坐在一辆红色敞篷车里。

不仅如此。

这位被害者穿着网球裙，而车里的由佳娃娃也穿着网球裙。

被害者名叫五木智子，今年二十一岁，还是个大学生。

她家就在六本木。八日（星期六）上午，她告诉家里人说，“我要去六本木三丁目的网球俱乐部打球”，之后就再也没回过家。

周六晚上，家里人就报了警，所以警方才会迅速查清她的身份。

麻布警署担心这位失踪者与“娃娃连环杀人案”有关，便将她归为了“特异失踪者”，加以重视，还派遣专属调查员进行搜查。

被害者是被人掐死的。

目前警方还不清楚她是被人灌了安眠药（跟室井君子一样），还是得了热射病晕了过去（跟茅野幸枝一样）。

也不知道她有没有被强暴。这个可能性很高，但警方还没有十足的把握。死者的外阴部有擦伤，但阴道内与大腿上都没有附着精液。

也许凶手有阳痿的毛病，所以他射不出来。

换言之，这名死者的情况与前两起案件的几乎一致。绝对没错——这位死者，也是“娃娃连环杀人案”的牺牲者。

接到消息后，“娃娃连环杀人案”搜查本部的专属调查员们纷纷赶往现场。

井原头一个冲进现场。

“听说被害者是周六失踪的——”井原咬牙切齿道，“岂有此理。茅野幸枝的尸体就是周六清晨被人发现的啊。难道这个凶手一天要杀两个人才过瘾吗？！”

听到这话，正在检查尸体的刑警回头说道：

“不，这名死者不是周六死的。她是今天……不对，是，昨天，也就是周一晚上死的。大概是六小时到十二小时之前吧。”

“怎么搞的？这死亡时间的范围也太大了吧？就不能把范围缩小点儿吗？”

“她穿成这样，让我怎么缩小啊……嗨，等验尸官来了，兴许能给出一个更具体的答案。”

“她的衣服怎么了？”

“她穿的是网球裙啊。裙子这么短，双腿几乎都露在外面哎。”

“那又如何？”

“你看啊，车里开着空调啊。”

井原探头一瞧。

原来如此，车里果真开着空调。风口在驾驶座和副驾驶座之间。被害者的短裙在风中飘舞……

“凉风会直接吹到被害者的皮肤，如此一来，她体内的水分就会迅速蒸发，导致皮肤变得特别干燥。各种尸体现象也会受到影响。在这种情况下，我们很难推测出准确的死亡时间啊……”

刑警皱起眉头。

“难怪车子没熄火。空调是凶手开的吗？”

井原问道。

“应该是吧。无论她是六小时前死的，还是十二小时前死的，这辆车都不可能在停车场停那么久，否则早就有人看见了。”

“也是。那就意味着——”

井原陷入沉思。

无奈现场太过混乱，实在不适合沉思。

去搜集目击证词的刑警们接二连三地回来了。可现在毕竟是凌晨两点，别说是目击证人了，马路上连个人影都没有。他们唯一的收获是，这辆凯迪拉克貌似是十二点半到一点之间开进来的。

鉴识课员们忙碌地拍摄着现场的照片，闪光灯闪个不停。

井原抓住一位路过的鉴识课员问道：

“怎么样？有什么发现吗？”

“我们在凯迪拉克上采集到了几组指纹，娃娃身上也有指纹。但……我也不知道这些指纹能不能帮我们锁定凶手。”

“脚印呢？”

“这可是停车场啊，到处都是脚印，采集了恐怕也没用啊。”

“……”

“我的同事正在采集车座上的毛发，查毛发兴许还有点希望。这辆凯迪拉克看起来还很新呢，应该没几个人坐过。目前我们还没有发现其他的遗留物品——”

“……”

“啊，对了，把凯迪拉克运回警局的时候得多加小心哦。车身上有好多汽油，也许是油箱里漏出来的。”

井原绷着脸，一言不发。

一课的警官们从警车里探出头来，大喊道：“主任！我们查到凯迪拉克的车主了！这辆车果然是偷来的！车主去爱宕警署报失了。是昨天晚上十一点左右在芝高尔夫场被盗的。”

“晚上十一点？谁会大半夜打高尔夫啊？”

“他不是去打球的，而是高尔夫球场的工作人员。他总是在那个时间点去球场的餐厅，计算当天的营业额，算完就走，所以他都懒得把钥匙拔下来。这不，被人偷走了吧——”

“他总是开这辆凯迪拉克去吗？”

“不知道啊，大概是吧。”

“我又没问你的意见。”

“……”

“还不快去确认！”

“是！”

警官缩回警车，十万火急地抓起无线对讲机。

就在这时，志穗赶到现场。

她是从原宿的公寓打车过来的。

井原盯着志穗看了一眼，扬起下巴，指向引擎盖说道：

“你自个儿看吧。”

志穗紧咬下唇。

在警官们的眼中，由佳娃娃已不再是普通的娃娃了，它已成可怕的诅咒工具。

那可爱的小脸蛋，是如此惊悚。

——为什么尸体旁边总有个由佳娃娃？

三个女死者身边都有由佳娃娃的身影。这不可能是巧合，也不可能是犯人的心血来潮。

远藤慎一郎的分析非常在理。对这位凶手而言，“由佳娃娃”不仅仅是个娃娃。

由佳娃娃是咒物，有某种魔法层面的含义。

凶手精神错乱，毫无逻辑可言。

在凶手看来，杀死年轻女人，就是杀死由佳娃娃。

然而——

他为什么要杀死由佳娃娃呢?

“这辆凯迪拉克是从芝高尔夫球场的停车场偷来的。凶手特地偷了一辆跟由佳娃娃的座驾很像的敞篷车。由此可见，他非常讲究尸体和由佳娃娃的一致性。我就不明白了，他纠结这些干什么啊？”

井原的视线是如此无力，他的脸上写满了焦躁。他只得呆呆地仰望夜空。在这个钟点，六本木的夜空中，只有东京铁塔的轮廓。

“茅野幸枝的尸体浸在水里，而这次的被害者则在车里吹空调。凶手真的想用这些小花招隐瞒死亡时间吗？机关算尽，死亡时间的误差也不过是一两个小时啊，这个凶手就这么看重死亡时间吗？这到底是为什么呢？”

“……”

“而且……这次的抛尸地点并不是芝公园附近，也不是日比谷大道。这不是很反常吗？难道他不在乎抛尸地点吗？也不在乎猎物是谁吗？那我们要怎么查才好啊。根本无从查起啊。只能盼着在大马路上盘问路人的巡警逮着他吗？——”

志穗无言以对。

井原是位优秀的刑警。

而优秀的刑警，都是彻头彻尾的现实主义者。他们只相信事实。

然而，井原的逻辑并不适用于这起案件。因为事实本身就很不现实。由佳娃娃算哪门子的事实啊。简直莫名其妙。

问题是，现实主义者井原已经快失去现实感了。凶手的扭曲精神将他逼入了绝境，他几乎快败下阵来了。

由佳娃娃，正逐步腐蚀着警官们的心……

2

八月十一日，星期二。

上午九点——

“娃娃连环杀人案”搜查本部的例会于片区警署召开。

搜查本部长（署长）、搜查主任（刑事课长）、本厅鉴识课的组长、一课六组的组长和二十余名专属调查员参加了这次会议。

都是些老面孔。

然而——

搜查会议的气氛并不活跃。

因为警方没能在现场找到目击证人。

警方已将搜寻范围从芝公园一带扩大到了六本木周边，可还是没能锁定嫌疑人。

被害者五木智子离开网球俱乐部之后的行踪仍是个谜。

五木智子是S大国文科的四年级学生，工作也定了。趁着放暑假没什么事儿，她几乎天天往网球俱乐部跑。她的朋友们还得找工作，所以她打完球后会吃个简单的午餐，然后就直接回到六本木的家中。

“街坊邻居们都很喜欢五木智子，说她是个为人踏实的好姑娘。她没有固定的异性关系，因此我们可以基本确定，凶手是个无差别杀人魔。”

警官得出了上述结论。

另一位警官汇报了鉴识结果。无奈结果并不理想。

鉴识课员在凯迪拉克上采集到了几组指纹，但警视厅的指纹库中没有能和它们对得上号的，在前两起案件的抛尸现场发现的指纹也与新指纹截然不同。

他们还在车座上采集到了几根头发与阴毛，可这些毛发也无法成为锁定凶手的证据。

“凯迪拉克的车主在东京开了好几家餐厅。他是有妇之夫，但平时经常拈花惹草。他手下的工作人员说，他时常上街搭讪，还会带勾搭来的年轻姑娘去兜风什么的。所以车座上有头发和阴毛也算是理所当然吧。因此我们很难根据头发和阴毛锁定凶手。”

接着做报告的是在现场检查尸体的那位刑警。

“今天下午两点，我们会送被害者去做司法解剖。我先把现阶段已确定的事实跟大家汇报一下。被害者五木智子的遗体——”

他说，被害者的遗体实在是太干净了。

阴道内、外阴、下腹部、阴毛、网球裙、内裤上都没有精液。双唇、胸部也没有发现唾液。

只是死者的阴道与外阴部有细微的擦伤，由此可见，她生前有过不情愿的性行为。

五木智子与茅野幸枝不同，她还没结婚，也没有固定的异性关系，所以她身上的伤痕极有可能是凶手留下的。

“请大家注意：我们在被害者身上发现了肥皂的成分。被害者的家人表示，被害者平时都用沐浴露洗澡，从来不用肥皂。换言之，凶手极有可能用肥皂帮被害者洗过澡。茅野幸枝身上没有唾液和精液，于是我们就认定，那些蛛丝马迹是被水池里的水冲走的。可对照五木智子的情况，便知这名凶手有清洗被害者的性癖。而且他的目的，并不仅仅是掩盖自己的罪行。因为他洗得实在是太干净，太仔细了。也就是说，他把那些女人当成了娃娃——”刑警清了清嗓子，“这次的被害者也是被掐死的。她的颈部有皮下出血，且出血点的形状与指痕吻合。我们能从指痕的轮廓看出凶手戴了手套，但颈部并没有留下布手套的纤维片，因此他这次使用的应该是塑胶手套。而且凶手把指甲修剪得很整齐。”

刑警检查过尸体之后，法医也对遗体进行了检查。

结果为：

被害者的确被人掐过，但她的死因并非急性窒息。她的颈动脉受到了外侧的压迫，于是迷走神经就受到了刺激，导致血压下降，脉搏变缓，最后心脏便会停止跳动。换言之，这名被害者是突然死去的。

“我个人认为，也许这个凶手喜欢掐女人的脖子，以此获得快感。他并没有杀意，只是错手杀了人——”

接着是鉴识课员的报告。

附着在轮胎上的沙土与沥青粉无益于破案。

不过，轮胎上沾了不少木屑。听到这儿，警官们一阵骚动。

木屑的量相当多，绝不是顺路沾上的。

凯迪拉克的车主表示，他从没把车开去过可能沾上木屑的地方。

换言之，凶手在偷到凯迪拉克之后，把车开去了有木屑的地方。

“木材安置处、建筑工地都有木屑，也许那就是凶手监禁被害者五木智子的地方。”

接着是有关抛尸现场的由佳娃娃的报告。

报告人依旧是志穗。但她能报告的东西依旧寥寥无几。

放在凯迪拉克引擎盖上的由佳娃娃属于“出门散心的由佳”系列。于平成三年上市，在全国各地都能买到，因此警方无法通过由佳娃娃锁定嫌疑人。

“我要说的就这些——”

志穗坐下后，凝重的沉默笼罩着会议室。

说了老半天，其实警方手中没有任何有价值的线索。

五木智子的死，导致警方不得不将搜查范围从“日比谷大道与芝公园”扩大到六本木地区，这也加大了搜查的难度。

室井君子全身涂满防晒油，皮肤跟塑料娃娃一样光滑，而且还一丝不挂。茅野幸枝穿着红色比基尼，坐在公园的水池里……凶手接连杀死了两个能让人联想到由佳娃娃的女人。

因此警方认定，凶手一直在芝公园与日比谷大道一带物色合适的猎物。

正因为如此，搜查本部才会将重点放在芝公园附近，并且派出志穗担任诱饵。

谁知——

五木智子的死，颠覆了警方的调查方针。

穿着网球裙的五木智子的确能让人联想到由佳娃娃。然而，她是在六本木附近失踪的。

原本警方只要控制住芝公园与日比谷大道就行了，可五木智子一死，警方就不得不把搜查范围扩大到六本木了。

范围这么大，要如何确定凶手的“口味”呢？

为什么凶手能轻易绑走这么多年轻女人呢？这一点也让警方百思不得其解。

他是如何接近被害者的呢？又是如何让她们卸下心防的呢？

这也太离奇了。

最后发言的是井原。

——凶手把茅野幸枝浸在水里，又打开了敞篷车的冷气。这就说明，凶手有必要隐瞒死者的死亡时间。

井原的推理的确引起了警官们的注意，但他的猜测并不够具体。

总而言之——

案情毫无进展。

毫无进展。

搜查本部甚至没锁定嫌疑人。

长此以往，定会出现第四个、第五个牺牲者。

难怪会议的气氛会如此沉重。

署长为了调节气氛，便随口说道：

“嗨，大家先别着急。好消息也是有的嘛。昨天是星期一，但芝公园附近并没有发生纵火案啊。‘芝公园连续纵火案’那边算是告一个段落了。虽然警方没能锁定纵火案的嫌疑人，但我们至少阻止了他不是吗。这也是好事一桩啊。”

这是署长在本次会议上说的唯一一句话。

而且，这句话还说错了。

3

搜查会议结束后。

“我准备去凯迪拉克被盗的芝高尔夫球场看看，你要不要跟我一块儿去啊？”

井原凑近志穗问道，志穗受宠若惊。

她直愣愣地望着井原的脸。

“干吗？你到底是去还是不去啊？”

井原气呼呼地说道，但他八成是在掩饰心中的“难为情”。

“去！”志穗赶忙回答道，“我跟您去！”

井原点点头，带头走出了会议室。

志穗立刻跟上。

井原竟会邀请志穗同行？真是太阳打西边出来了。

志穗与井原合作过好几次。

井原与其他刑警们不同，他不会戴着有色眼镜看特被部。

然而，“没有偏见”并不代表他对诱饵搜查持肯定态度。

井原是天生的刑警。他不怕苦不怕累，为了查案，他宁可牺牲自己的全部。

遗憾的是……好刑警，大多是顽固的男权主义者。

井原也不例外。

无论志穗立了多大的功，他都认定：女人家不该参与调查工作。他坚信，女人不适合查案。

怪了。

志穗竟不那么厌恶井原。不。岂止是不讨厌啊。要是有人问，“你是喜欢井原，还是讨厌井原”，那志穗定会回答，“喜欢”。

当然，他们之间并没有男女之情。讨论这种可能性也是徒劳。

志穗是刚入行的菜鸟，难免会对这一行的专家产生敬畏之情。

无奈志穗只能自作多情，因为井原并没有那么柔情似水。

他总是那么迂腐，那么顽固，打死都不愿认可志穗的能力。

照理说，他是不会请志穗同行的。

志穗也很清楚这一点，从来不会跟着井原。

由此可见，井原也很担心袴田的情况。

井原与袴田算不上志趣相投。

他们八字不合，办案能力也是天差地别。

井原始终忙碌在调查的第一线。而袴田则一门心思混片区警署的防犯课，专门扫黄。

但井原总是惦记着袴田。

袴田好吃懒做，办事随便，却有种神奇的人格魅力。

芝高尔夫球场离片区警署很近。

就在茅野幸枝常去的芝 G 泳池旁边，它们隶属于同一家公司。

两人直接走了过去。

井原主动打听起了袴田的情况。

“我刚打电话去急救中心问过了。他没有生命危险，但还没清醒过来。主治医师担心他会不会留下后遗症——”

“袴田没结婚吗？没人陪他吗？”

“特被部的人会轮流陪着的。”

“他的亲人呢？”

“他亲戚大多住在鹿儿岛，都不在东京。”

“他可真孤独啊。我听说他结过一次婚呢。”

“您说的是那个菲律宾女人吗？”

“你知道啊？”井原瞥了志穗一眼，脸上却没有惊讶之色，“不过……这也是人尽皆知的秘密了。当时我刚当上刑警没多久。听说这事后，我的第一反应是——这家伙怎么这么蠢啊，简直给刑警丢脸——”

“蠢……啊……”

“嗯，我当时就是这么想的。”

“那现在呢？”

“你有没有全心全意爱过一个人？”

“……”

“我可没有这种经历。我跟我老婆是相亲认识的，我就没谈过轰轰烈烈的恋爱。成天忙工作，一眨眼的工夫，就一把年纪了——”井原的表情很僵硬，“说实话，我觉得我是一个挺厉害的刑警。在查案方面，袴田从没赢过我。但他至少真心爱过一个人。这样的经验，只要有个一次就够了，不是吗。可我连一次都没有。”

志穗默默走着。

芝高尔夫球场面朝日比谷大道，门口有个宽敞的停车场。

谁知他们一走进停车场，就被警卫喊住了。

“你们要去哪儿？”

井原出示了警察手册，说道：“我们想找你们经理了解一下盗车案的情况。”

警卫立刻没声儿了。

两人朝高尔夫球场的办公楼走去。

“停车场里那么多人，”志穗满腹牢骚，“凭什么偏偏叫住我们啊……”

“因为我们看上去不像是来打高尔夫的啊。我们没穿打球的衣服，也没背高尔夫球袋啊。”

“啊，是哦……”

志穗点点头——

突然，志穗灵光一闪。

灵感从天而降。

她忽然站住不动了。

“你怎么了？”

井原一脸迷茫地望着她。

“没背包的会被怀疑——”志穗凝视着天空，自言自语道，“那……背了包的人，就不会被怀疑了吧？”

交叉

1

从某种角度看，查案就跟拼图一样。

警官们搜集来的证词，就是一小块一小块的拼图。

警方能将拼图按次序接上，却迟迟无法看清案件的整体轮廓。

但是！只要把那块关键的拼图按进去，案情便会豁然开朗。

志穗的灵光一闪，就是扭转“芝公园连续纵火案”的关键。

“芝公园连续纵火案”搜查本部的警官们最为不解的是，纵火犯是如何搬运四公升汽油的。

汽油罐并不重，但体积非常大，必须用硕大的包装起来。

背着这么大的包跑来跑去，自然惹人侧目。

什么包够大，又不会被人怀疑呢？——

高尔夫球袋啊！

接到井原的联系后，“芝公园连续纵火案”的专属搜查员们立刻确认了八月三日星期一拍摄的录像带。

录像带很模糊，无法看清行人的样貌。

但是，画面中的确有一个背着高尔夫球袋的人。

而且——

昨天十一点左右，巡警在高尔夫球场对面的日比谷大道盘问了一个背着高尔夫球袋的中年男人。

警方并没有在十日展开伏击，但还是加强了巡逻的警力。因为纵火犯习惯在周一动手。

那么，巡警为什么要盘问这名中年男子呢？因为巡警认定，这人喝了不少酒。

在纵火案的现场徘徊的醉汉，都会成为警方怀疑的对象。

因为酒会让人们失去自制力，许多纵火犯都是在醉酒时发泄积怨的。

然而——

警官喊住他之后才发现，他并没有喝醉。警官顿时慌了神。

“你慌个啥啊……”

事后，这名警官苦笑着向上司汇报了这件事。

警官怎么会把一个没喝过一滴酒的人误认为醉汉呢？

警官本人也说不明白。

可人都喊住了，总得想个法子圆场不是。

照理说警官得仔细查看一下高尔夫球袋里的东西。

但警官认定，高尔夫球袋里装的肯定是球杆。而且他本就误会了人家，心中有愧，就没有仔细检查。

被盘问的中年男子勃然大怒。他问了巡警的官职与姓名，真不知是谁在盘问谁。

中年男子走后，巡警反而松了口气。

得知此事的刑警忽然想起，刑事课的同事曾跟他提过一句：被盗的凯迪拉克的车身上有汽油。

于是他立刻联系了本厅的鉴识课，得知汽油只是“附着”在车身上而已，并不是油箱在漏油。

“纵火犯本想点着这辆凯迪拉克。谁知他刚浇了点汽油，某人就出现了，所以纵火犯不得不放弃他的计划——”

“芝公园连续纵火案”搜查本部的警官们脸色大变。

哪儿有这么巧的事儿啊!

十日（星期一）晚上，两起重案的犯人居然有了交点——而他们的交点，就是那辆凯迪拉克。

那天晚上的情况大略如下：

背着高尔夫球袋的纵火犯瞅准了那辆凯迪拉克，就往车身上撒了点汽油。

就在这时,“娃娃连环杀人案”的凶手走了过来,为的是偷走这辆车。

见状，纵火犯还以为车主回来了，只得仓皇而逃。

片刻后，巡警在日比谷大道盘问了他。

“老天……”

警官们越想越激动。

爱宕警署与三田警署乱作一团。

“芝公园连续纵火案”的联合搜查本部与“娃娃连环杀人案”的搜查本部分别设在两座警署。

这下可好，两起案子查到一块儿去了。

纵火案的嫌疑人突然浮出水面。而且这位嫌疑人，极有可能是连环杀人案的目击证人!

警方不乱才怪。

盘问可疑男子的警官记下了他的姓名、住址、职业与年龄。

他的名字还挺特别的。

乌森一光。

今年五十六岁,住在芝浦的公寓,平时在宝町的超市停车场工作。

警官谎称自己是都营浅草线地铁的车站工作人员，打电话去宝町的超市试探了一下，就说“我们捡到了一张月票”。

而乌森的同事说，乌森为了锻炼身体，每天都会从自家走到都营浅草线的“大门”站，而他走的正是日比谷大道。

换言之，他每天都会经过“芝公园连续纵火案”的现场。

“这家伙就是纵火犯——”警官们震惊了，“绝对没错！”

谁知当天下午，他们遇上了一件让人愈发惊愕的事儿。

一个男人，来到了片区警署的接待处，昂首挺胸道：

“我姓乌森。昨天晚上，你们警署的警官莫名其妙盘问了我一番，让我很不愉快。我想向你们署长提出严正抗议。希望署长和盘问我的那位警官能向我道个歉——”

2

警官们都认定，乌森一光就是他们要找的纵火犯。

然而，警方手中并没有确凿的证据。现阶段，他们只能请乌森来警局“配合调查”而已。

搜查本部本想按部就班，多搜集些证据再说。

谁知……踏破铁鞋无觅处，得来全不费工夫。嫌疑人居然自个儿找上门来了。警官们自是干劲十足。

搜查本部中的气氛十分紧张。

但警局必须摆出“接待普通市民”的态度来。

嫌疑人都自投罗网了，岂能轻易放他回去！这次行动，不容失败。

首先，警方关了会客室的空调，把房间的窗户全部关紧。

等房间足够闷热了，再把乌森一光带进去。

女警立刻送上冰镇大麦茶。

“署长马上就来，请您稍等片刻。”

乌森义愤填膺道：

“我可不是来喝茶的，你就不用端茶送水了。我是来抗议的。你们警署的警官莫名其妙盘问了我一通。我可是善良的市民，岂能受得了这种侮辱。我可不能容忍警方如此滥用职权——”

他越说越激动，“气”得瑟瑟发抖。

他面黄肌瘦，一看就知道，他的脾气不太好。

他不过五十六岁，可头发掉得差不多了，眉间的皱纹也特别显老。

听“善良的市民”这么一抗议，女警只得表现出战战兢兢的样子。

没开空调的会客室自然闷热。

乌森嘴上说“我可不是来喝茶的”，可天这么热，他自然口渴。

于是他一口气喝光了那杯大麦茶。

另一位女警算准时间，送了一杯热茶进去，把大麦茶的杯子收了回来。

“署长怎么还不来！”

乌森很是烦躁。

“不好意思——”女警莞尔一笑，“麻烦您再等一会儿……”

自不用说，这个茶杯会被立刻送往鉴识课。警方在凯迪拉克的车身上发现了好几组指纹。要是那里头有乌森的指纹，事情就好办了。

“想方设法争取时间！”刑事课长在“芝公园连续纵火案”联合搜查本部怒吼道，“搞点蛋糕羊羹过来！关键是争取时间！一定要把乌森留住！”

与此同时，两名警官火速赶往都营浅草线的“宝町”站。

乌森是宝町的某家超市的停车场管理员。

警官们下车后，便直接打车去了超市——因为这天实在太热了。

刑事课长下令，必须在乌森离开警局前搜集好证词。

每一秒钟，都无比宝贵。

警官们找到了乌森的上司。

见来人是刑警，上司自是大惊失色。

“我不知道你们到底要查什么，可乌森办事儿很踏实的啊，他不是会作奸犯科的人啊——”

他反复强调了好几次。

乌森本在纺织公司工作，后来就来这家超市谋了份差事。

他的工作态度很认真。

“简直认真过头了。他这人啊，就是太正派，看不惯别人做一点错事。我总觉得啊，他要是能再灵活点就好了。可他呢？就算犯错的是超市的客人，他也会毫不留情地提醒人家。我看着都慌啊。这年头已经很少有他这么正义感十足的人了。”

警官们面面相觑。

其中一名警官点了点头，另一名警官则转向上司问道：

“请问乌森先生有没有把他的私人物品放在公司这边？”

“私人物品？”上司的表情愈发迷茫了，“有是有，因为每个人都有储物柜啊……”

“除了他本人，还有别人有储物柜的钥匙吗？”

“有啊，他本人一把，公司这儿还有一把。”

“换言之，他本人不在的时候，公司的其他员工就会负责管理储物柜——我这么理解没错吧？”

“呃，我们公司没这方面的规定哎。储物柜都是让使用储物柜的人管理的呀。管他在不在呢。”

“但公司这边也有一把钥匙吧？”

“有是有，可——”

“有钥匙，就说明储物柜的使用者不在的时候，他的上司要负责管理储物柜里的东西——”

“呃，这可不一定，我可没听说过这回事——”

“不好意思，请您开一下乌森先生的储物柜吧。”

刑警的态度很是强硬。

他们为什么要纠结公司有没有备用钥匙呢？因为“能否让公司主动提交嫌疑人的私人物品”，是个非常微妙的法律问题。

储物柜的确是公司的所有物。但为了保护嫌疑人的隐私权，警方无法轻易得到储物柜里的东西。

除非嫌疑人的同事或上司会在嫌疑人不在的时候管理嫌疑人的私人物品。

所以刑警们必须让公司的人承认，“在储物柜的使用者不在的时候，公司有权管理他的私人物品”。

乌森的上司颇有怨言，但他还是照警官们的吩咐，打开了乌森的储物柜。

两位刑警面面相觑。

架子上，分明挂着个高尔夫球袋。

拿下袋子一看。

里头被挖空了。

其中一名警官凑上去闻了闻，随即欢呼道：“绝对没错！里头有一股酒精味！”

乌森气疯了。

也难怪。

女警每次进来，都让他“稍等片刻”。等啊等，两个小时过去了。

女警每五分钟进来一次，又是端茶送水，又是羊羹年糕片，好生伺候着。

可盘问乌森的警官与署长迟迟不露面。

最后，女警问道：

“要帮您叫一份荞麦面吗？——”

乌森忍无可忍，起身怒吼道：

“你们耍我呢！我什么时候才能见到你们署长啊——”

就在这时。

会客室大门一开，好几个彪形大汉冲进屋里。

其中一个拿着逮捕令，厉声吼道：

“乌森先生，法院批准了您的逮捕令。罪名是纵火。您可看清楚了，这就是您的逮捕令——”

3

志穗并没有加入“芝公园连续纵火案”的搜查本部。

——背着高尔夫球袋的人就不会被怀疑……

她能将“高尔夫球袋”与“纵火犯”联系起来，纯属侥幸。

这不，法院批准逮捕令的事儿，都没人通知志穗一声。

志穗是“娃娃连环杀人案”的专属搜查员，而且她主要负责“由佳娃娃”这一块。

那天傍晚，一个意料之外的人联系了她。

是T大的渊泽教授——

他从社会学角度研究了由佳娃娃，并出版了一本有关由佳娃娃的书。

前一阵子，志穗想联系他了解一下由佳娃娃的情况，无奈教授出国了，没能联系上。

教授回国后看到了志穗的信，就主动打电话联系了志穗。

但今时不同往日。死者多出了两个，事态愈发严重了，现在可不是找专家咨询由佳娃娃的时候。

志穗心想，这位大学教授恐怕提供不了多少有用的情报——

可当初是她写信请教授帮忙的，既然人家愿意见面，她又怎么好意思拒绝呢。

渊泽教授和志穗约在大学附近的小餐馆见面。

在地铁的“本乡三丁目”下车，走几分钟就是了。

在这位教授心中，时间仿佛停滞了一般。

志穗还以为那家店有多复古怀旧呢，走进去一看才发现，那就是家普普通通的小茶馆。

志穗一进门，一个吃着咖喱饭的老头便抬起了头。

他正是渊泽教授。

“这家店的咖喱饭可美味了。你要不要也来一份啊？”

“啊，不用了，我吃过了。”

“这样啊，那就请你稍等一会儿吧，我马上就吃完了。”

“没事，您慢慢吃，不着急。”

志穗还以为大学教授都是一本正经，可这位教授并没有摆架子。他就跟个普通学生一样，平易近人。

片刻后，他放下勺子，喝了口水，笑道：

“不好意思啊。平时我最讲究的是由佳娃娃，但现在嘛，还是咖喱饭要紧。”

“百忙之中打扰了……”

“没关系没关系，对了，我得先问你一下——”渊泽用纸巾擦了擦嘴，“那位女被害者，叫室井君子是吧，她颈部的指痕是死后留下的，没错吧？”

志穗懵了。

渊泽为什么知道这个细节？媒体没有报道过，志穗的信也没有写得那么详细啊。

“看了你的信啊，我就对这案子产生了兴趣。于是我给远藤打了个电话，详细问了一下。”

“啊……”志穗恍然大悟。

话说回来，特被部的远藤部长也是T大的副教授呢。两位教授的专业不同，但毕竟是同一所大学的同事呀。

“要搞清指痕是死前留下的还是死后留下的，只要查一下有没有活体反应即可。室井君子脖子上的指痕，是死后留下的没错吧？”

“没错。我们也很纳闷，不知道凶手为何要多此一举……”

“而尸体旁边的由佳娃娃是昭和五十年前后上市的系列，没错吧？”

“嗯。”

“那个由佳娃娃的头是可以拔下来的吧？”

“……”

“照理说，由佳娃娃的头是不能拔下来的。要是玩着玩着，由佳的头忽然掉下来了，小姑娘们岂不是会被吓死吗。在所有由佳娃娃中，唯一能把头拔下来的，就是在大田区制造的由佳娃娃。”

“……”

“现在日本的玩具都是包给东南亚的工厂制造的。可是在昭和三十年到昭和五十年之间，东京的墨田区才是玩具制造业的中心，由佳娃娃也是在那儿制造的。但在昭和五十年代的初期，光靠墨田区的工厂实在忙不过来，于是由佳娃娃的生产商就分了一部分订单去大田区的工厂。但大田区的小工厂最擅长制造机器和金属零件，他们的玩具制造技术比墨田区的差远了。由佳娃娃的生产商很快就中止了和大田区工厂的合同。因为他们犯了个难以置信的错误——他们生产出的由佳娃娃的头，居然是可以拔下来的。当然，把头和躯干分开的确能提高生产效率。在生产机器时，用这一招的确不错。可他们生产的是寄托着梦想的由佳娃娃啊。所以头部能和躯干分离的由佳娃娃，都是在大田区生产的。”

志穗有种醍醐灌顶之感。

出现在空姐室井君子旁边的那个由佳娃娃……的确是教授说的那一种。

而且，她从没见过其他能把头拔下来的由佳娃娃。

多明显的特征啊，还有比这更明显的特征吗。

特征如此明显，她之前却认定她不可能追踪到娃娃的出处。

话说回来，娃娃的头发里，还有个小铁球是吧……

“那您知道娃娃是在大田区的哪座工厂生产的吗？”

志穗的声音高了八度。

“这……我就不清楚了。你不如直接去大田区打听打听吧——”这时，渊泽面不改色地说出一句骇人听闻的话，“如果凶手是在被害者死后碰了她的脖子，那就意味着……他也许在确认，被害者的头能不能拔下来。”

时空旅行

1

八月十二日。星期三——

——今天也是夏天。

这话也许有些语法问题，但只有这种说法，才能表达出志穗的感受。

阳光从天而降，灼烤着干燥的沥青马路。

无论她走到何处，都能听到震耳欲聋的蝉鸣。

但在蒲田，有的不光是蝉鸣，还有车床与液压机的噪音。

噪音，也会加重夏日的热气。

——今天也是夏天。

这便是志穗的切身感受。

警方在机缘巧合下逮捕了连续纵火案的嫌疑人，但“娃娃连环杀人案”的进展并不理想。

今天早上，搜查本部又召开了例会，无奈案情全无进展，开了会也没什么好谈的。本部长只能激励警官们继续努力。会议结束后，专属调查员们就出门搜集证词了。但每个人的步子，都是如此沉重。

唯有志穗，循着由佳娃娃，来到了蒲田。

当然——

她也没有忘记袴田。

今天早上，她在开会前去了趟急救中心，看了看袴田。

袴田还是老样子。

依然昏迷不醒。

是谁打伤了袴田？袴田昏迷前说的“毕业”二字，究竟是什么意思？

“Express Kids”的辰巳说，他不抽烟。但他的食指和中指微微发黄。眼尖的袴田察觉到了这一点，并意识到——他有吸食大麻的习惯。

袴田有过一段不幸的婚姻。拜前妻所赐，他对大麻和海洛因异常执着。他脱离了“娃娃连环杀人案”的搜查路线，独自追查毒品的来源。在调查过程中，他惨遭毒手，至今昏迷不醒……

从种种迹象看，室井君子把大麻带回了日本。当然，“Express Kids”的辰巳肯定脱不了干系。室井君子的上司铃木郁江也知道这件事（T航空的高层也知道），还想用太极拳把志穗打发走。

室井君子是如何运毒的？打伤袴田的人到底是谁？志穗必须把这些问题搞清楚。

然而——

“娃娃连环杀人案”出现了第三位牺牲者，志穗不得不把袴田的事情放一放，先查由佳娃娃。

接连掐死好几个女人，也接连杀死了好几个娃娃的凶手，大有变本加厉之势。茅野幸枝的遗体是周六上午出现的。与此同时，五木智子也被绑架了。凶手急不可耐，仿佛被什么东西追着跑一样，接连作案。他的疯狂，正在不断膨胀，如激流般一路狂奔。

疯狂的终点，便是令人作呕的大屠杀。恐怕……凶手也拿自己的冲动束手无策吧。警方必须尽快将他捉拿归案。否则，迟早会出现第四个、第五个牺牲者。

五木智子的尸体见光后，媒体逐渐意识到，她也是连环杀人案的牺牲者。警官们都没把由佳娃娃的事说出去，无奈纸里包不住火。这个细节，总会走漏出去的。到时候，媒体定会大肆报道，而市民们也会陷入恐慌。搜查本部必须在那之前把案子彻底解决。

当务之急，是尽快侦破“娃娃连环杀人案”。因此，志穗必须中断袴田这边的调查（而且袴田的案子本就是其他警署在办），集中尽力追踪由佳娃娃的来源。

所以，她来到了大田区。

小工厂之多，志穗始料未及。

她要如何从这些繁星般的工厂里，找到二十多年前制造过由佳娃娃的那一家呢?

这得查到猴年马月去啊。

大田区是东京最著名的工场地带之一。

大森、糀谷、蒲田、荻中……

这一带聚集着许多“单人工厂”，整个工厂里只有一个人。工厂们相互依存，形成了一张工厂网。而他们的制造技术，也是战后日本经济复苏的原动力。

但志穗并不了解这一段历史。

她只是被工厂的数量之多吓到了。

然而——

近年来，日本的经济极不景气，再加上技术在不断地更新换代……日本屈指可数的工场地带，正面临着前所未有的冲击。

进入九十年代之后，日本的产业结构发生了翻天覆地的变化。

大田区的工厂都很小。经济一低迷，大企业就会将它们无情地抛弃。小工厂，总是时代的牺牲品。

帮助日本走上发展大道的技术，也被电脑控制系统取代了。

想当年，能否做好一个金属零件，全凭工匠的“经验与手感”。可现在呢？电脑技术发达了，一切工序，都会由电脑安排妥当。

在这片地区，人的地位，已被电脑完全取代了。

因为人们开发出了数控（Numerical Control）技术。每一个步骤，都由电脑掌控。

而自动编程装置则会自动控制 NC 机的运转。

CAD/CAM[①] 系统也会自动设计产品，将信号发送给制造零部件的机器……

有了电脑，还要人做什么呢。

不需要人的社会，会变成什么样呢?

大企业开始将订单发给外国的工厂。大田区的小工厂接连倒闭。他们的高超技术，也消失在了人们的记忆中。

大田区的工厂地带经历过风风雨雨。它遭到过空袭。二战结束后，军用工厂不得不改行变成民用工厂。它熬过了好几次经济低迷期，并用技术托起了日本的经济发展。然而，如今的大田区正在苦苦挣扎。

但志穗并不了解这些。

她只是置身于工场地带的热风中罢了。

然而，那阵风，就是在“战后”时代吹拂的风。

战后之风欲将大田区的工厂刮倒。但谁都不在乎。

谁都不知道，风从何而来，要到何处去。

忽然，志穗背后有人问道：

---

① CAD即计算机辅助设计(CAD-Computer Aided Design)利用计算机及其图形设备帮助设计人员进行设计工作。简称CAD。CAM (Computer Aided Manufacturing，计算机辅助制造)的核心是计算机数值控制。

“请问您是北见小姐吗？”

志穗回头一看。

来人是个看上去很老实的中年男子。

他西装笔挺，打着领带，捂得满头大汗。

志穗的美貌，让他看出了神，眼镜后的双眼懦弱地眨了一下。

“您好，我是‘产业广场’的潮野——”

“啊，不好意思，百忙之中打扰了。我是警视厅特被部的北见。”

志穗低头说道。

“产业广场”是大田区南蒲田的产业会馆，建于平成八年。

他们的工作是向工厂提供经营、技术援助与最新信息，开展交流活动，以促进工厂区的发展。

志穗对大田区的工厂一无所知。

所以她打电话去了“产业广场”，请他们鼎力相助。

“接到您的电话后，我立刻查了查在昭和五十年代初期制造过由佳娃娃的工厂——”

“太麻烦您了……”

“不麻烦，不麻烦，”潮野摇了摇头，“可惜那家工厂已经没了。”

“没了？是倒闭了吗？”

“呃，从结果看，它的确是倒闭了——”潮野叹了口气，“有人在昭和五十一年八月放了把火，把工厂烧毁了。老板夫妇也被活活烧死了。”

2

风在吹。

公寓楼随处可见，衣服在楼顶随风飘舞。

高层公寓之间的小巷里，有好几家规模极小的工厂。

大多数工厂都没开工，卷帘门也是关着的，写着“出租厂房”字样的贴纸，显得格外冷清。

马路上空荡荡的，唯有灼热的夏日阳光。

穿过那条小巷，便是环状七号线了。

“大概就是这附近吧。不过还挺难找的呢——”潮野停下脚步，环视四周，“老工厂不是搬了，就是倒闭了。新造的都是公寓楼，跟以前完全不一样了。反正……那座工厂就在这附近。”

志穗学着潮野的样子，环视四周。

遥想当年，那家工厂就在这附近。

据说，那是一家专门处理塑料零件表面的工厂。

昭和五十一年……二十多年前。

工厂老板名叫宇野隆一，当年四十岁。

在工厂起火的一年前，他的妻子不幸去世。之后他就和麻子（当时二十八岁）结婚了。两人一起抚养前妻剩下的女儿钲子（八岁）。

大田区的工厂从没接过由佳娃娃的订单。听到这个好消息，街坊邻居们都很激动。但这笔订单完成得并不好。

大田区的工厂主们擅长搞创意，总想不断提高加工的效率。因为母公司开出的条件总是非常苛刻的，不想方设法开源节流，小工厂就没有赚头可言了。

但在制造由佳娃娃的过程中，这种创新精神坏了大事。他们竟制造出了一种头部能和躯干分开的由佳娃娃。

如果是别的塑料零部件，分开制作，最后再拼起来的确有助于缩短工期。但由佳娃娃并不是普通的塑料商品。

由佳娃娃，寄托着少女的梦想。要是玩着玩着，娃娃的头掉下来了，那还怎么得了啊。

潮野边抽烟，边讲起了陈年往事。

“昭和五十年前后……正好是公害问题备受瞩目的时候吧。公害对策基本法、公害防止条例纷纷出台，导致大田区的工厂不能继续在市中心开工了。于是工厂就接连搬去了昭和岛和京滨岛的工业区……”

“……”

“这个叫宇野的人怕是也急了吧。他在由佳娃娃的订单上赌了一把。照理说玩具的订单都会发给墨田区的工厂，可他想当大田区的玩具先锋，结果一不小心，就扑了个空。没过多久，生产商就中止了订单。唉，他也是个可怜人啊——”

“没过多久，工厂就遭了火灾……宇野夫妇也被烧死了。您刚才是不是说……那是一起纵火案啊？”

“嗯，我找上了年纪的人打听过。据说纵火犯很快就落网了。是个在那家工厂工作的年轻工人。不过其他细节我就不清楚了。毕竟是二十多年前的陈年旧事了，您还是直接去警局查比较好。”

“嗯，我回去了就查。感谢您特地陪我过来一趟。”

“不客气……”潮野丢下烟蒂，一脚踩灭，长叹一声，“那家工厂到底在哪儿来着……这儿的变化实在太大了，根本找不到啊……”

志穗去大森的警署翻了翻二十多年前的火灾记录。

万幸的是，警局还保留着家庭法院的调查记录副本，其中记录了案件的全貌。

当时，宇野家的工厂聘请了两位工人。

火灾发生后，其中一名工人齐田丰次（当时十七岁）投案自首。

齐田丰次与宇野隆一的妻子麻子有私情。宇野隆一得知此事之后，对他拳打脚踢，还开除了他。

齐田丰次求麻子跟他一起走，但麻子断然拒绝。齐田丰次怀恨在心，便一把火烧了工厂。

他心想，只要工厂没了，麻子就愿意跟丈夫分手了。到时候，她就是他一个人的了——齐田丰次并没有杀意。

然而，大火终究夺走了两个人的生命，家庭法院将本案递交给检察官审判。最终，齐田丰次被送往少教所长期改造。

昭和五十二年十月，齐田丰次假释出院，转为保护观察（缓刑）。

齐田丰次的记录到此为止。

如果他还活着，那他也该有个三十七八岁了吧。

——齐田丰次啊。

十七岁的少年，与二十八岁的有夫之妇有了奸情不说，还被女方无情地抛弃了。他是怀着怎样的愤怒放的火？——想到这儿，志穗心中便是五味杂陈。

总而言之，头部与躯干能分开的由佳娃娃是在这座工厂制作的。二十年后，其中一个娃娃出现在了室井君子的遗体旁边。

二十年前的放火案，岂会与今时今日的“娃娃连环杀人案”有关。

只是，顺着这家工厂制造的由佳娃娃一路追寻，便能发现由佳娃娃与“娃娃连环杀人案”的交点。

话说齐田丰次的记录上贴了张便签。

寥寥数语。

志穗随手翻了翻。谁知便签上的内容，让她大吃一惊。

据说，齐田丰次被警方逮捕时，火灾的幸存者——老板的独生女，给了他一个娃娃。

警官很是同情这个齐田，就在调查档案上多写了一笔，好让家庭法院的调查官知道，齐田丰次是个心地善良的好孩子。

但便签上并没有明说，小女孩给齐田的是什么样的娃娃。

可志穗认定。

——那一定是个由佳娃娃。

女孩的父亲在工厂里制造过由佳娃娃。她交给齐田丰次的，极有可能是那种头部能分离的由佳娃娃。

志穗的直觉告诉她，她触及到了本案的核心。虽然，她还没有任何确凿的证据。

——我必须见这位少女一面。

宇野的前妻留下的女儿钲子被送去了赤羽的亲戚家。当年她不过八岁。她还记不记得由佳娃娃尚存疑问，但志穗也没有别的线索好查了。

二十多年，转瞬即逝。

她是不是还住在原来的地方呢？姑且先联系她的亲戚问问看好了。

志穗很走运。

她的亲戚，还住在赤羽。

宇野钲子从高中毕业后，就离开了亲戚家。现在，她独自住在虎之门的公寓里。

志穗立刻联系了宇野钲子。

万幸的是，她恰好在家。

她是赤坂俱乐部的钢琴师，三点必须出门上班。要是志穗现在过去，她还有时间接待一下。

钲子还把公寓的地址告诉了志穗。

虎之门五丁目，坐地铁的话，在“神谷町”下车，朝着“灵友会”

的建筑物走就是了。

志穗赶忙出门。

在“神谷町”下车，照着钲子说的往灵友会走。没走多久，她便看到了钲子住的那栋公寓。

公寓离八幡神社很近。外墙呈白色，楼层倒是不多。

宇野钲子长得很漂亮。

说她是“绝代佳人”也不为过。

她身材修长，还有一双水灵灵的大眼睛。

钲子带志穗走进她的房间。

“好漂亮的房间呀。”

志穗如此夸奖道。

“谢谢。”

钲子显得很高兴。

她腼腆地笑了。那笑脸，真是惹人怜爱。

昭和五十一年，她才八岁。换言之，她现在应该是二十八岁。但她的表情依然如少女般天真无邪。看上去跟志穗差不多大，兴许还比志穗更稚嫩些。用“年轻”来形容她并不贴切——最适合她的词，是可爱。

“这房间真是太漂亮了……”

志穗可不是在拍马屁，那是发自肺腑的赞赏。

房间的面积并不大，但家具都是洛可可风格的，品位极佳。窗边的白色钢琴也很贵气。遥望窗外，东京的风景一览无遗，还能将东京铁塔的轮廓尽收眼底。

——在俱乐部弹琴能赚这么多啊？

疑惑掠过心头。不过……这是当警察的职业病吧。志穗何必多管闲事呢。这位年轻女性想过什么样的生活，那是她的自由。只要她与本案无关，志穗就不该对她的生活产生无谓的兴趣。

“我不是很明白——”钲子一边泡红茶，一边问道，“您是想打听由佳娃娃的事儿吧？”

“是的，昭和五十一年，令尊去世前曾经生产过一批由佳娃娃。只是生产的时间并不长。不知道您还记不记得当时的事情啊？”

“亲戚倒是跟我提过这件事。但我一点印象都没有了，毕竟……我那时还是个孩子啊。”

“您家厂里的由佳娃娃应该没卖完，不知火灾过后那些娃娃被送到哪儿去了啊？”

“这……我也不清楚啊。就算有没卖完的，恐怕也烧光了吧。”

“……”

“我都不记得我父亲的样子了，对那场火灾也没什么印象。亲戚跟我说，你爸跟你后妈被烧死了，我也不敢相信，就好像……那些事都不是发生在我身上的事儿一样。我就是这么迷迷糊糊的。”

“不好意思，我的问题也许会唤起一些痛苦的回忆……听说纵火的是在您家工厂工作的一位年轻人，他当年才十七岁。不知您还记不记得他啊？”

“不好意思，我什么都不记得了……”钲子莞尔一笑，“伯母告诉我，我父亲的工厂被烧毁之后，他们费了好大的劲儿才安顿好工厂的员工，说是把他介绍去了昭和岛的配餐中心……不过……那个纵火犯应该没有再就业吧？”

“嗯。纵火犯被送去少教所了，您的伯母说的应该是另一个人——”

志穗在心中长叹一声。

她到头来还是没找到工厂的遗址，而且钲子几乎不记得当年的事儿了。她是如此无力，就好像她在调查的，是如空气一般虚无缥缈，没有实体的东西。

志穗只得死马当活马医。

“我在记录里看到，纵火犯被警方逮捕时，您送了个娃娃给他。您还记得这件事吗？”

“娃娃……”

钲子愣了一下。

“嗯，应该是个由佳娃娃。不知道您还有印象吗？”

“这……”

“能想起来吗？”

“……”

“您平时会去工厂的遗址走走看看吗？”

“我从没回过工厂。我也觉得这样挺不孝的，但我刚才也说了，我都不敢相信自己真的经历过这些事，也几乎不记得工厂了。同情我的人很多，可我……我什么都不记得了呀……”

“……”

“也许我真的是个不孝女吧……”

钲子耸了耸肩，微微一笑。

她的一颦一笑，都显得异常可爱。志穗明明是女儿身，都差点动心了。

这时，对讲机响了，钲子起身去开门。

志穗也很识相。

反正再问下去，也问不出什么有价值的线索。

志穗起身道谢。

“不好意思啊，我没能帮上您的忙……”

钲子也显得很过意不去。

志穗离开了钲子的房间。

她在走廊上，与一名年轻男子擦肩而过。

来人的皮肤呈小麦色，显得非常健康。穿的西装做工精细，一看就是很有教养的人。他还捧着一大束鲜花。

志穗停下脚步，目送他远去。

看到年轻人按下钲子家的门铃后，志穗便转身离去了。

拿着那束花的钲子，一定很漂亮。

搜集证词，总免不了竹篮打水一场空。

要是每失败一次，都失落不已，那还是趁早改行为好。

然而……心中的烦躁究竟从何而来？那近乎愤怒的思绪，究竟是怎么回事？

志穗回到片区警署，联系了警视厅的指纹中心。

指纹中心存有六七百万前科犯的指纹记录。所以他们也有齐田丰次的指纹。志穗想让他们把齐田的指纹传真过来。

万一抛尸现场有齐田丰次的指纹呢?

当然，志穗也知道这种猜测是毫无根据的。

谁知——

指纹中心给出的回答大大出乎了志穗的意料。

齐田丰次已死。

所以中心就把他的指纹处理掉了。

而且，他是在昭和六十四年一月——在年号切换成“平成”[①]前不久死的。

3

顶着大太阳走了一天，自会疲惫不堪。

但志穗并不想把疑问拖到明天。她不停鞭策着自己，赶往横滨。

横滨的黄金町——

许多打零工的体力劳动者就住在这儿。

因为这里有许多平价旅馆。

昭和六十四年，齐田丰次入住了一家叫“乐命庄”的旅馆。不久后，

① 平成年号始于1989年1月8日。

他便了结了自己的生命。

他从黄金町附近的高楼楼顶飞身一跃，一命呜呼。

万幸的是，“乐命庄”没有换过老板，志穗能从当事人口中了解到当年的情况。

“其实啊，我也没啥好说的。只是住在我家的客人碰巧自杀了而已。他叫齐田丰次是吧。嗯，好像是的——”旅馆的老板，是位中气十足的老婆婆，“他在屋顶上留了封遗书来着。就写了‘我走了’这三个字，哦，还有他的名字。警方一看他的穿着打扮，就猜出他是住在这一片的了，于是就到旅馆区挨个儿打听。他们问，老婆婆，你们这儿有没有一个叫‘齐田丰次’的啊？我说，有啊，不过他现在不在。警察告诉我说，他跳楼死了。我就说，哎哟，怎么会有这种事儿啊，真是作孽啊——”

老婆婆绘声绘色地说了一通，随即耷拉下肩膀喃喃道：“我知道的就这些。在我们这儿啊，自寻死路的人多了去了……当年天皇不是生病了吗。建筑工地都不敢开工，害得工人们都丢了饭碗。住在这一片的人都快愁死了。那个自杀的孩子八成也是无路可走了吧。真可怜啊。唉，其实啊，住在这儿的人都很可怜的……”

“齐田丰次在您这儿住了几天啊？”

“这我哪儿记得啊。八百年前的事儿了。昨天退房的人我都记不清楚呢。那个齐田嘛……大概一两个星期吧——”

“那您还记得他是个什么样的人吗？”

“嗯——”老婆婆遥望远方，“他啊，挺沉默寡言的。几乎不跟别人说话。有一次啊，我开玩笑说，你一直不说话，当心舌头烂掉。结果他把头一扭，一脸落寞地回答，‘我有口臭，怕熏到别人’……”

“……”

“说着说着我就想起来了。那人的确一脸的落寞相。我本想劝他一句，要是住这儿的人都跟你一样没精打采，这日子还怎么过啊。可我到头来还是没说出口啊。早知道就早点劝劝他了。唉——”

老婆婆转向窗口。

红日西斜，外头已经不怎么明亮了。

“话说回来，他总是随身带着个娃娃呢，是个女娃娃。他带着那种东西干什么呢。虽然那娃娃长得挺可爱的，可总带着难免会脏啊。”

“娃娃？”志穗大惊失色，“是不是由佳娃娃啊？”

“这……我就不清楚了——”

老婆婆继续望着窗外，没有回头。

老婆婆说，自杀了的男人显得很落寞。可老婆婆自己也很落寞啊。

从种种蛛丝马迹推测，齐田丰次的确是自杀的。

横滨警局很快查到了他的名字，却迟迟没有查出他的户口在哪儿。

齐田丰次是在东京犯的事儿，横滨警局也没有查那么详细。

查到他的户口之后，警局便开具了死亡证明与埋葬许可，并将尸体火化了。

换言之，齐田丰次受到的待遇和无名尸体差不多。只是，他有个名字而已。

——落寞的男人，连死法都是如此落寞。

志穗不禁心想。

齐田丰次平时总带着娃娃走来走去。这一点固然可疑，但死无对证啊。天知道齐田丰次与“娃娃连环杀人案”有没有关系。

从结果看，志穗又白跑了一趟。

她很是郁闷地前往急救中心。

她每天都会去探望袴田一次。

谁知，袴田的病房门口，坐着一位秃顶老人。

他虽然没有头发，精气神却很好。

一见志穗，他便说道：

“呃，我是从新宿来的，是袴田的熟人。听说他住院了，我就赶过来瞧了瞧。”

说到这儿，他忽然压低了嗓门。

“呃……前两天我看他没精打采的，就卖了点壮阳药给他来着，想给他打打气。男人嘛，就得补充补充精力。要是床上功夫不行了，活着还有什么意思啊。可……那种药的药效也许太强了。要是袴田吃坏了，我也得负一部分责任啊。于是我就赶过来了。话说……袴田的情况如何啊？”

死点

1

新宿来的老人名叫关根。

他说，他在歌舞伎町开了家小商店。

但他就是不肯说那家小商店是卖什么的。

袴田几天前去过那家店，给关根看了张照片，并让关根帮忙打听一下，照片上的未成年人是哪所学校的。

“然后您就告诉他了？”

“呃，不是我瞧出来的，我也是找了懂校服的行家——”

“行家？什么行家？”

“呃，啊，这个嘛，嘿嘿嘿……”

如此形迹可疑的老人也算是稀有物种了。这人绝不清白，但……看起来也不像是黑帮的。

志穗趁关根去上厕所的时候打电话去新宿警署打听了一下。

关根貌似是袴田在新宿警署工作时认识的老熟人。既然如此，只要打电话去防犯课的风纪组打听一下，便知关根的老底。

果不其然，关根的小商店，是所谓的成人用品商店。

非法的黄色录像带、裸体写真集、按摩器、人工阳具、SM专用服装、春药……总而言之，他是专卖这些见不得光的东西的。

关根在他们这行可是一等一的名人。他很早就入了行，和警察打了几十年“交道”，直至今日。

风纪组的刑警说道：

“那老头子啊，真叫人又恨又爱。他办事还是很讲原则的，所以他说的话还是比较可信的。”

警察居然为一个做这种生意的老爷子打包票，真是绝了。

志穗在关根回来之前挂了电话。

志穗转运了。有一种肉眼看不见的力量，指引着她走向真相……

护士告诉志穗，有人打电话找袴田。

志穗便去接了电话。

“喂——”

“啊，您好，我叫椎名。我在电视上看到了袴田警官的事儿，就打电话过来了。请问袴田警官还好吗？他能说话吗？”

“袴田警官还没清醒过来，我是他的同事，叫北见志穗。请问您是……”

“啊，我是成田机场海关的工作人员，专门负责检查旅客的行李。上周日，我跟袴田警官在上野碰了个面，是他主动联系我的——”

志穗越听越兴奋。

椎名说完之后，志穗便请求道：“我明天能不能见您一面，详细了解一下当天的情况？”

志穗还提出，她可以去成田机场见他。

谁知椎名说道：

“哦，不麻烦你跑这一趟了，反正我明天不当班，也有事儿要去市区，我直接去警局找你好了。在哪儿见面比较好？”

志穗就把“娃娃连环杀人案”搜查本部所在的片区警署的地址报给了他。

打完电话后，志穗回头望向关根。

死盯着他的脸。

关根一脸凝重。

不敢看志穗的眼睛。

但志穗就是不让步。

关根顿时急了。

“我可不去！我明天忙得很！我不去！我没空！而且……我就是

不喜欢警察！而且我很忙——”

可志穗依然目不转睛地盯着他看。末了，他只得长叹一声，恶狠狠地回答道：

“好好好，我去还不行吗。要不是为了袴田，我才不去呢。”

光溜溜的脑袋，顿时失去了光泽。

第二天。八月十三日，星期四——

关根与椎名先后造访了“娃娃连环杀人案”的搜查本部。

警官们分别听取了他们的证词。

井原主任跟关根谈了一下。

志穗则在刑事课的走廊等他们说完。

昨天晚上，志穗综合了两位证人的证词，并大致推测出了袴田正在追查的“东西”。

她早就猜出，袴田在查的是“大麻”。但有了这两位证人，案情就愈发明朗了。

查案，就好像做几何题一样。需要画一条辅助线。

而志穗终于得到了她想要的辅助线。而且，还不止一条。

多亏了这两条辅助线，她才能看清袴田在追寻的东西。

至少，志穗能切身感觉到。

——室井君子的案子，有希望解决了。

志穗也希望，井原他们和两位证人聊过之后，也能产生同样的感觉。

这时，一位女警走了过来。

她正端着一盘外卖的猪排盖饭。

“喂，你能不能帮我个忙啊？”

她如此问道。

志穗望向这位女警。

“乌鸦老爷子不是在第二审问室嘛，你能不能帮我把这盘盖饭端给他啊？”

“乌鸦老爷子？”

“就是乌森一光，那个纵火案的嫌疑人呀。”

“纵火案的嫌疑人……”

志穗快把纵火案给忘了。

想到“高尔夫球袋”的人的确是她。而球袋，也是锁定嫌疑人的关键证据。

然而——

刑警是全世界最有地盘意识的生物了，没有比他们更偏狭的人种了。他们绝不会承认，发现关键线索的人并不是搜查本部的专属搜查员。因此，他们也不会把之后的调查进度告诉志穗。

不过志穗也不觉得自己立了头功。她坚信，正因为有其他警官们的努力，警方才能将真凶绳之以法。

“芝公园连续纵火案”搜查本部对她不管不问，她也无所谓。再说了，她正忙着调查“娃娃连环杀人案”呢，根本顾不了那么多。

“芝公园连续纵火案”搜查本部设在另一座警署，但他们将嫌疑人送到了这儿。这也是为了掩人耳目，防止媒体来打探消息。

“那老爷子可顽固了——”女警皱起眉头说道，“他的指纹和凯迪拉克上的完全吻合，可他就是一个字都不说，我自岿然不动哦。课长他们也在犯愁呢，再这么下去，就得在嫌疑人完全沉默的状态下拘留他了。”

“……”

“嗨，他不说话其实也没什么啦。关键是啊，我们给他送饭的时候，他也一脸不爽，都不肯动筷子，真不知道我们怎么招惹他了。我们也没有必要顾虑一个纵火犯的想法不是，可看到他绷着个脸，我心里也慌呀。就好像我做了什么亏心事儿一样……我越想越来气……”

“于是你就想让我帮你送饭进去？”

“嗯，”女警点头道，“拜托啦，大恩大德，没齿难忘！”

女警还“拜”了“拜”志穗呢。

算了算了。

志穗决定，帮她这一次。

推开审问室的房门一看，刑警正和嫌疑人大眼瞪小眼呢。

刑警一脸疲倦。

嫌疑人倒是昂首挺胸，双唇抿成一条线，凝视着墙壁，目不转睛。

一看他的表情便知，他是个脾气很差，且有洁癖的人。眉间刻满了深深的皱纹。原来如此。女警说得没错。这个老爷子，一定很顽固。

刑警见来人是志穗，露出了惊讶的表情。但他立刻摆出一脸疲态，无力地说道：

“算了。先休息会儿吧。乌森，你先吃饭吧。”

乌森一声不吭。

绷着个脸，保持沉默。

志穗将托盘放在他跟前。

再拿起一次性筷子，取下包筷子的纸套。将筷子放在盖饭的盖子上，再把纸套叠了几下，放在托盘上——用来搁筷子刚刚好。

乌森的表情微微一动。

但他还是一言不发。

他毕恭毕敬地双手合十，摘下盖子，拿起筷子。

女警不是说他不肯吃东西吗？这不是吃了吗？

“我去给您倒杯茶来——”

志穗走出了审问室。

在走廊等待的女警用眼神问道——“怎么样？”

“没事儿，他在吃了。倒杯茶给他吧。”

志穗微笑道。

就在这时，井原上气不接下气地冲进走廊。

显得极其亢奋。

一见志穗，他便大声喊道：

“我们总算能给袴田警官报仇了！”

2

“娃娃连环杀人案”的搜查本部终于采取了行动。

首先，警方请“Express Kids”的辰巳富久回警局协助调查。

辰巳早就猜到自己会有这一天了。

他没有反抗，老老实实来了警局。

其实警方已经申请到了逮捕令。

他们可以在审问过程中随时使用逮捕令。

辰巳承认，他让空姐室井君子帮忙偷运大麻回国。

那室井君子是怎么把大麻带回来的呢？她巧妙使用了国外买的旧衣服。

大麻本是植物。

大麻是一年生草本植物，刚开始开花时，会分泌出一种独特的树脂。

这种树脂含有能让人飘飘欲仙的成分。而采集树脂的最佳方法，就是穿着皮革制成的围兜，在大麻园里跑两圈。

如此一来，树脂就会附着在皮革的表面，用刀刮下来即可。

辰巳很了解大麻的制造流程，便心生一计——不如用旧的皮衣运输毒品吧。

旧的皮夹克、皮大衣在国外卖得很便宜。只要别买太多，就不会超过空姐的免税范围。海关也不会仔细检查空姐的随身行李。

最可怕的，反而是机场的缉毒犬。

缉毒犬会在行李提取处后面守着，闻行李箱的味道。大麻、海洛因、可卡因……只要是毒品，缉毒犬都能闻出来。它们的嗅觉可不是开玩笑的。

但旧皮衣，能巧妙地糊弄住缉毒犬的鼻子。

为什么呢？因为皮夹克、皮大衣的表面会涂一层皮革护理油。而油类的挥发臭，会影响缉毒犬的嗅觉。

辰巳和室井君子暗中勾结，将大麻树脂擦在旧皮衣上，带进国内，再转手卖出去。如此一来，就能赚他个几千万。

当然，辰巳与室井君子也会享用一部分大麻。

只是……空姐虽然不是普通乘客，但空姐也要接受缉毒犬的检查。

室井君子对大麻如痴如醉。无论她在国内还是在国外，她都会来上一点。于是她就怕了。她害怕缉毒犬闻出她身上的味道。渐渐地，她变得神经质起来……

为了防范缉毒犬，她做了全身脱毛。

每天都跑美容院，做按摩与护理，“保养”皮肤。

她去掉了所有体毛，连腋毛与阴毛都不放过。

照理说容易附着气味的是头发和衣服，体毛刮不刮都一样。可见室井君子有多么神经质。

然而——

她还是不放心。

最终，她决定如法炮制——在自己身上涂一层油。

她决定用挥发性气味很强的油，欺骗缉毒犬。

话虽如此，她总不能在身上涂皮革护理油吧。所以她就选择了防晒油。每一寸肌肤都不放过。比基尼能覆盖到的部位也要涂。为了消除大麻的味道，她什么都愿意做。

所以室井君子的身体才会如此光溜。

没错。她的肌肤，有着异样的光泽，好似软塑料做成的由佳娃娃……

说到这儿，辰巳低下头来。

“你都把大麻卖给谁了——”井原毫不留情地问道，“是F校的高中生吧？”

“高中生？”

“是啊，难道他们不是你的老主顾吗？”

辰巳呆呆地望着井原的脸。

随即，微微一笑。好奇怪的笑啊。接着，他喃喃道：

“高中生？我的客人，都不是高中生哦。”

一个男孩。

戴着耳机，扛着滑板，独自走在原宿的竹下大道。

夕阳西下。

这个时间段的原宿，不仅仅属于年轻人。刚下班的工薪族也会取道原宿，踏上归程。因为一到夏天，原宿就会出现很多啤酒花园，所以马路上也会出现不少微醺的大人。

男孩边走边扫视周围的工薪族们。

他前面有两个工薪族。

太阳还没下山呢，他们就喝醉了。

他们大步流星，哈哈大笑。

男孩的表情顿时犀利起来。

他将滑板放在地上，并将一只脚踩上去，用另一只脚蹬地。

他的身体微微前倾，膝盖弯曲，巧妙地保持平衡。从人群中穿过。

径直撞向那两个工薪族。

其中一个大男人朝前倒去，另一个的膝盖则撞上了人行道护栏。

男孩也摔倒了，但他用柔道的姿势打了个滚，巧妙地吸收了冲击。

接着，他趴在地上，仰视那两个男人。他的眼神，如野兽般狡猾，简直滴水不漏。

“蠢货！找死啊你！人这么多，玩什么滑板啊！”

撞到膝盖的男人大吼道。

“你谁啊！谁允许你在路上玩滑板的！”

男孩带着哭腔喊道：“对不起，对不起……”

他大声哭了起来。但，那是假哭。

可两个喝得烂醉的大男人，并没有看穿他的演技。

“对不起，对不起。你们有没有受伤啊？我家人在那边等我，所以我就有点急——”

摔倒的男人缓缓起身，趾高气扬地说道：

“你家里人在等你？很好，带我们去会会你父母。居然让孩子做这么危险的事儿，真是太不会管教孩子了。我要找你父母告状！”

要是他没喝醉，定不会如此咄咄逼人。他好容易找到了个释放压力的机会，能不抓紧发泄嘛。再加上，惹他的是个孩子，他就更加有恃无恐了。

“对不起，对不起……”

男孩低着头，瑟瑟发抖地说道。

然而，他的嘴角却是高高扬起，整张脸显得如此狰狞。那表情，好似发现绝佳猎物的野兽。这就是所谓的“窃笑”吧。

“道歉有用，还要警察干什么！少说废话，快带我们去找你父母——”

然而，不等他喊完。

好几个彪形大汉突然杀了出来，将他们团团围住，按在了路肩上。

其中一个，在工薪族们耳边低语了几句。他们脸色大变，醉意全无，立刻闪人了。

男孩懵了。

他转身要走。

谁知，一个女人挡住了他的去路。

“你还是别惹这些大叔为好。”

那个女人——志穗说道：

“我们已经把你的同伙们抓起来了，你也不想单干吧？”

少年露出绝望的表情。

惊恐万分地环视四周。

可那些彪形大汉早已将他团团围住。他们用后背筑起了一座高墙，让行人无法看到男孩的样貌。

“你还没毕业是吧。你才十三岁呢，所以你就认定你可以为所欲为了？我还以为你们是F校的高中生呢，敢情你们都是初中生啊——”

志穗的语气苦涩异常。

忽然，男孩不再紧张。他微微一笑，抬起明亮而爽朗的眼睛，望着志穗说道：

“是啊，我才十三岁呀。我才上初二哦。等我满了十四岁，我就会毕业了。可我现在才十三岁呀——”男孩煞有介事地说道，“你知道刑法四十一条是怎么写的吗？你好歹是警局的人，总归懂点法的吧？未满十四周岁者无须接受惩罚。逮捕我是没问题啦，反正法律是不能把我怎么样的。”

3

袴田被人拳打脚踢之前，还找“Express Kids”的女店员了解过情况。

店员把他们的谈话内容告诉了警方。

——室井君子从国外带回来的旧衣服都由辰巳个人卖给初中生和高中生，这些交易不入店铺的账本。

袴田找女店员了解情况之前，仔细检查过三日（星期一）晚上十一点半在芝公园附近拍摄的录像。

见录像带里拍到了一群高中生，袴田便想到——也许死者生前穿的是校服。

谁知，摄影机拍到的不是高中生，而是初中生。但袴田误以为，他们是高中生。

所以他把照片打印出来之后，就找专家问了问“那是哪所高中的校服”。

为什么凶手要把室井君子的遗体扒光？警官们都认为，那是为了隐瞒她的职业——空姐。

要是人们看到了她的制服，就会立刻发现她是个空姐。所以，凶手必须把她的衣服扒光。

然而，袴田对这一理论产生了怀疑。因为室井君子不可能一直不上班。要是她没在规定时间出现，航空公司定会起疑，也会向警局报案。

警方迟早会将失踪了的空姐与无名女尸联系起来。就算把死者扒光，也只能隐瞒短短数日而已。凶手何必多此一举呢。

凶手不能让死者穿着制服见人——这个思路的确没错。

问题是，死者穿的不是空姐的制服，而是F校的校服……

那个臭婊子，最近都不肯卖大麻给我们了。我们又不是不付钱喽，我们给钱不要太大方哦。于是我们就怒了呀，想把她做掉算了。室井君子。哼，她一把年纪了，身材倒是不错，而且又是空姐……

我们把她约到了芝公园附近的快餐店，就说“我们想和你好好谈谈大麻的事情”。结果哦，那贱人说，她们组长发现了，她最近没法干了。开什么玩笑！再拖下去，我们就要满十四岁了哎，满了十四岁就要毕业了好吗。到了十四岁，我们就没有为所欲为，却不用担心被惩罚的特权了。我们告诉她，那可不行。十四岁生日一过，我们就会做回好孩子的。我们只能趁现在享受大麻了呀。

可那贱人就是不答应。我们也没办法呀，就在她的咖啡里偷偷下了点碾碎了的安眠药。那贱人就会装，只喝黑咖啡，所以我们就想，她肯定尝不出药味的。

哼，那贱人很快就晕了。我们就带着她去了公用厕所，给她换上了我们学校的水手服。因为我们还是初中生呀，要是有人看到我们带着一个成年女人，人家肯定会起疑的嘛。然后啊，我们就稍微玩了一会儿。B 型血的唾液？啊，那大概是我留下的。那贱人的胸部还挺丰满的。警官，你知道吗？很多天才都是 B 型血的哦。

谁知玩着玩着，那个贱人的身体越来越凉了。我们都快吓死了好吗。因为我的朋友石田，他爸是医生，他知道安眠药的致死量是多少。他说，不可能，这点安眠药死不了人的。哦，原来是这样啊。引起安眠药中毒的药量是因人而异的啊。那就是事故了嘛，跟我们没关系，嗯，就这么决定了!

我们心想，大概让她吹吹风，她就会好起来了。我们就抱着她，散了会儿步。可我们走到芝公园的时候，她就死透了。一点儿办法也没有了。就在这时，芝公园正好停电了。我们就立刻扒光了她的衣服。要是别人发现尸体时，她身上还穿着我们学校的衣服，那不就完了吗。但周围一片漆黑，我们又看不见，就只能把她身上的衣服全部扒光了。芝公园门口恰好停了辆面包车，我们就把尸体往面包车底下一塞，开溜了。

我们才没有做那种事呢。我骗你干什么。我们干吗要掐死人的脖子啊？这不是有病吗。由佳娃娃？警官大哥，不要跟我开玩笑好吗，我们是初中生哎，谁会玩洋娃娃啊。

你们不是抓了个姓会津的吗？那家伙的老爸是律师。他跟他爸打听了不少法律知识。我们的行为啊，叫触法行为，懂不？虽然触犯了刑法，但我们还不满十四岁，所以不用负刑事责任。我说的没错吧？

我们的老爸有各自的专长，办起事来不要太方便哦。我们F校的一本率不是一般的高。我们这些学生的老爸也都是有头有脸的人。有这样的老爸，我们脸上也有光啊……

大量警官们冲出片区警署，所有人的表情都异常狰狞。他们坐上了等候在警局门口的警车与便衣警车，接连朝目的地赶去。

片刻后，井原也冲了出来。他一见到志穗便喊道：

“混账，真凶是那个高濑邦男！孩子们都说，他们把尸体藏在了面包车底下。尸体怎么会自己跑到长椅上呢！岂有此理，下手的是那个混账东西！他才是真凶！”

他高喊着冲进警车，呼啸而去。

唯有志穗，孤零零地留在片区警署的门口。

她也不想在警署看家，可没人请她同去。

况且——

志穗就是兴奋不起来。

警方将吸食大麻的初中生们一网打尽,还搞清了室井君子是怎么死的。

然而，茅野幸枝与五木智子为什么会命丧黄泉呢？而且初中生的证词也无法解释室井君子脖子上的指痕。再者，尸体与由佳娃娃的关系仍是个未解之谜。

她无法像井原那样，认定高濑邦男就是真凶。

而且……凶手是如何“物色”到那些被害者的呢?

起初，警方认为凶手是在日比谷大道和芝公园附近“打猎”的。但五木智子是在六本木失踪的，导致警方不得不修正调查方正。

志穗仰望夜空。

——三位被害者的共同点是什么呢?

她陷入了沉思。

远处，是释放着橙色灯光的东京铁塔。

突然，东京铁塔的灯光熄灭了。

与此同时，周围也被一片黑暗笼罩。

——又停电了啊。

志穗很是烦躁。

——就不能让我好好欣赏一下东京铁塔吗……

就在这时。

志穗忽然察觉到了三名死者的共同点。

发现尸体的地方，都是能看见东京铁塔的地方！

弹钢琴的由佳娃娃

1

八月十四日，星期五——

今天也好热。

晴空万里，阳光肆无忌惮。

盂兰盆节快到了，路上的车也越来越少了。

新闻节目开始聚焦人们的返乡高峰，而台风也一如既往地逼近了九州地区。

昨天晚上，“娃娃连环杀人案”搜查本部突袭了位于大森东的“高濑便当”，可高濑邦男并不在家。

员工们也不在。

“高濑便当”放暑假了。

高濑邦男没有结婚，谁都不知道他上哪儿去了。

昨天时间紧迫，警方没来得及申请搜查令，但警官们冒着违法的危险，闯入了“高濑便当”。

高濑邦男去哪儿了？他是回家了，还是去旅游了？警方最想要的，就是有关他下落的线索。

遗憾的是，警方没找到任何线索，却发现了一项重要的证据。

由佳娃娃。

高濑邦男家有一间六张榻榻米大的卧室。而卧室的壁橱里，有几只全新的由佳娃娃。

警官们由此认定，高濑邦男就是真凶。

几位警官留在“高濑便当”蹲点。

大伙儿轮流盯梢，一天四班。

高濑邦男一回家，便是瓮中之鳖。

其他警官也在打探他的下落。

高濑邦男的户口也被警方查了个底朝天。

他的老家在熊本。父母已故，家中也没有兄弟姐妹。就算是盂兰盆节，他也不会回老家去。

初中毕业后，他便来到了东京，在大田区的工厂颠沛流离多年。

要查清他工作过的每一个地方，简直比登天还难。

他很少和周围人提起他的过往。再加上，大田区的工厂实在是太多太多了。

高濑邦男好酒，但他没有常去的小酒馆。

总而言之，警方找不到他。但警官们并没有一筹莫展。

——结案只是个时间问题！

在今天早上的搜查会议上，本部长大发豪言壮语，警官们也是士气高涨。

但志穗依然兴奋不起来。

上午十一点，志穗来到了东京铁塔的展望台。

展望台的四条走廊上，摆放着投币式望远镜。

志穗把每个望远镜都看了一遍。

芝公园与日比谷大道位于东京铁塔的东面，几乎就在铁塔的正下方。能看见这两个地方也是理所当然的。

但是……

展望台上的地图显示——

铁塔的东南面，有芝 G 泳池。

西北面则有五木智子经常去的网球俱乐部。而谷町斜坡附近的停车场，也在铁塔的西北面——

只要站在东京铁塔上，就能看到这两个地方。这绝对不是巧合。

自不用说，东京的建筑物十分紧密。

东京铁塔的展望台有一百五十米高，可建筑物会互相遮挡。就算用望远镜看，也很难找到非常完美的观赏角度。

然而，三名被害者的尸体出现的地方，都能直接用望远镜观察到。

在芝公园散步的路人。

在芝G泳池游泳的人。

在球场挥洒汗水的人。

停在谷町停车场的车——

每一个细节，都是如此分明。

——绝对没错。就是这儿！

志穗绕着展望台走了一圈，把每个望远镜都试了一遍。她越来越有把握了。

高濑邦男称，他在公园卖完便当之后，常会去附近瞎溜达一会儿，打发时间。

兴许，他会登上东京铁塔的展望台。

年轻貌美的女人们在地面穿行。

他能肆无忌惮地观赏她们的身姿。

看着看着，高濑邦男心中的怪物，便苏醒了。

三名被害者的共同点，不是日比谷公园，也不是芝公园。

而是东京铁塔。

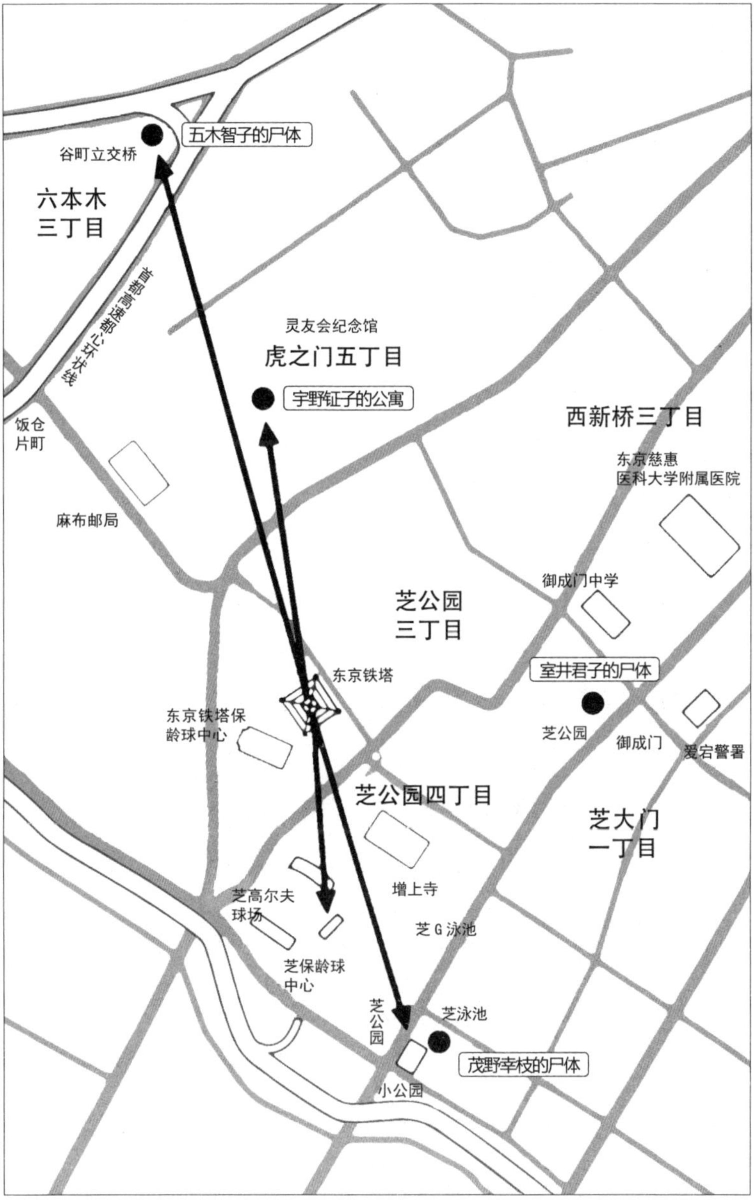
五木智子的尸体
谷町立交桥
六本木
三丁目
首都高速都心环状线
灵友会纪念馆
虎之门五丁目
宇野钲子的公寓
饭仓
片町
麻布邮局
西新桥三丁目
东京慈惠
医科大学附属医院
御成门中学
芝公园
三丁目
室井君子的尸体
东京铁塔
东京铁塔保
龄球中心
芝公园
御成门
爱宕警署
芝公园四丁目
芝大门
一丁目
增上寺
芝高尔夫
球场
芝G泳池
芝保龄球
中心
芝公园
芝泳池
茂野幸枝的尸体
小公园

不过……室井君子的问题还没解决。据说她下班后常去六本木寻欢作乐，难道她是在回家路上被高濑邦男盯上的不成？不对啊。室井君子的案子，还有许多疑点。

但志穗很确定，凶手用东京铁塔的望远镜找到了游泳池中的茅野幸枝，与网球俱乐部的五木智子。

她们的行为很有规律。只要通过望远镜牢记她们的长相，在地面上逮着她们还不是易如反掌吗。

志穗在调查这起连环杀人案时，东京铁塔总会出现在她的视野中。然而，正因为东京铁塔太过巨大，她才迟迟无法将铁塔与案子联系起来。

志穗走向写着“北”字的望远镜，吓得动弹不得。

透过这架望远镜，能看见赤坂御所、Arkhills、东京电视台等景点，还有“灵友会”的大楼。

以及，宇野钲子住的那栋公寓，就在虎之门。

而且，她的房间就在东京铁塔的正对面。志穗甚至能透过她房间的窗户，看见她弹钢琴的模样。

宇野钲子穿着很薄的，粉色蕾丝裙。

在洛可可风格的房间里，弹着白色的钢琴——简直跟由佳娃娃一样。

——宇野钲子有危险！

志穗顿时紧张起来。这种念头没有任何前兆，却不请自来。

她一个转身，冲向电梯。

弹着钢琴的钲子的模样，在她眼前摇摆。

她不正是另一个由佳娃娃吗？

不对。不对！

不知为何，志穗打心底里认定：宇野钲子才是人世间唯一的，货真价实的由佳娃娃。

2

不知为何，志穗异常焦急。

她直接打车去了虎之门。

东京铁塔离虎之门很近。

所以的哥不太高兴。

他一声不响地听着广播。

广播提到了逼近日本的台风。

这次的台风来势汹汹，最高风速每秒四十米。它已登陆九州，迅速北上。今天晚上，关东地区会有暴风雨。“好容易盼到了盂兰盆节，可惜天公不作美啊……”主播如此哀叹。

是啊，好容易放个暑假……志穗在心中喃喃道。

——我却没空回老家看看，只能跟着杀人犯到处跑。

不久后，出租车开到了虎之门。

这里离八幡神社很近，平时就很安静，一放假，人流量就更小了。

路上几乎没有行人，只有车辆静静驶过。出了车，附近连个会动的东西都没有。

唯有沥青路面，在艳阳下升起腾腾热气。

志穗来到公寓门口，按下宇野钲子的房间号。

没人应门。

志穗又按了一次。

一次又一次。可宇野钲子就是不在家啊。

突然，一个人影在视野的角落闪过。

志穗一回头。

只见人行道上，站着一个男人。

这不是高濑邦男吗。

志穗认识他，但他并不一定记得众多警官中间的志穗。

可他一见到志穗，便敏感地察觉到了危险。

他脸色一变。

“站住！”

志穗话音刚落，他便撒腿就跑。

飞身一跃，跳过了护栏。

没有仔细查看过路的车辆，就冲上了马路。

说时迟那时快。人的生命，是如此脆弱。

急刹车的刺耳响声传来。随后，便是闷闷的碰撞声。咚!

高濑邦男的身体，被撞飞了。

他头部着地，在地面弹了两三下，便不再动弹。

鲜血如注，血水在马路上不断扩散。

肇事司机是个年轻女人。

她冲下车，歇斯底里地喊道:“不是我的错！都怪他突然冲出来！”

“喊什么喊！”志穗大喝一声，“还不快叫救护车！”

女子大惊失色地望向志穗，随即点点头，伸手去开包。可她的手抖得太厉害了，根本没法掏出包里的移动电话。别说是电话了，她连包的搭扣都打不开。

志穗等不及了。

她冲到高濑邦男旁边，可她也很犹豫，不知道该不该动他。

“撑住啊！救护车一会儿就到！”

可志穗也知道，她喊了也是白喊。

高濑邦男命悬一线，救护车来了，怕是也无力回天。

他仰面朝天。

将眼睛睁开一条缝，看着志穗。

他的双唇微微一颤，仿佛在痉挛一般。

他貌似，有话要说。

志穗将耳朵凑了过去。

“放火的——”高濑邦男的声音竟很清晰，“不是他。”

“啊？”

志穗满腹狐疑地望向高濑邦男。她想知道，这句话究竟是什么意思。然而，一切为时已晚，因为高濑邦男已经一命呜呼了。

3

高濑邦男的车祸现场定是人头攒动。

“娃娃连环杀人案”的专属调查员们大举杀来，跟动物园猴山的猴子似的大呼小叫。也难怪啊——他们好容易查到了真凶，可凶手居然出车祸死了。井原怕是快脑溢血了吧。

照理说，志穗应该留在案发现场，解释事情的来龙去脉。

但志穗只跟赶来现场的交警交代了寥寥数语，便离开了现场。

她还有事要办。

她还不清楚自己要办的究竟是什么事。她只知道，我还有事要办。这个念头，是如此强烈，不容反抗。

她可不能优哉游哉地等井原他们赶来。

在这个念头的驱使下，她离开了现场。

赶往“芝公园连续纵火案”搜查本部所在的片区警署。

那正是嫌疑人乌森一光被拘留的地方。

高濑邦男留下的遗言是："放火的不是他。"

这个"他"，是乌森一光吗?

不对啊。高濑邦男怎么会认识乌森的呢？他们不可能认识啊。

假设乌森不是纵火犯，那谁才是真正的犯人呢？要解开这个疑问，最好直接问乌森本人。

乌森结束了下午的审问，刚回到拘留室没多久。

拘留室的警官没有为难志穗。

"反正那老爷子不会跟你说话的——"警官边哼小曲边给志穗开门，"谁去找他都一样，反正他也不会开口……"

志穗来到乌森面前。

只见乌森正襟危坐，正在闭目养神。好端正的坐姿。

志穗请警官回避一下。

待警官出去之后，志穗隔着铁栅栏说道："乌森先生。"

乌森睁开眼睛。

他竟微笑着回答道："哦，是你啊。"

女警们都说，他是个无可救药的顽固老头，可他每次见到志穗，都很和蔼可亲呀。

"乌森先生，我有件事情要问您——"志穗小心翼翼地问道，"是这样的，有个人跟我说，您并不是真正的纵火犯。我不是这起案件的负责人，也不了解案子的具体情况……请问您知不知道这句话到底是什么意思？"

乌森歪着脑袋，听志穗缓缓道来。他没有立刻作答。志穗心想，莫非他又要行使沉默权了？不，并非如此。

“警局的女警啊，都太粗鲁了。给人家送饭的时候，都是把托盘往桌子上一丢，也不跟人打声招呼。刑警也好不到哪儿去，只会单方面地审问，都不听我好好说。日本人的脸都被他们丢光了，大和民族什么时候成了不懂礼貌的粗人了啊。”

他的语气非常冷静。但言辞之间，有种微妙平衡被打破后的危险感。他很冷静，却也很疯狂——这便是他给志穗留下的印象。

“但你跟他们不一样。你帮我把一次性筷子的套子叠好了。我是个嫌疑犯，但你对我依然彬彬有礼，让我大开眼界。是你的母亲教女有方啊。我就把一切都告诉你好了，你一定会理解我的。”

志穗非常意外。

她给乌森送饭时，她满脑子想着别的案子。

没想到乌森是这么看待她的。

志穗说道：“谢谢。那我就不绕圈子了。放火烧车的人真的不是您吗？”

“不，那些事是我干的——”乌森微微一笑，“我不知道那话是谁跟你说的，但他说的肯定不是我。你怕是误会了吧。”

“……”

“我顺便把我放火烧车的动机告诉你好了。反正我回头也要做精神鉴定的。以后就找不到人倾诉了——”

“……”

“我为什么要纵火呢？说白了就是，我看不惯那些外国车。不对，应该说是我看不惯那些开外国车的人。我是停车场的管理员，深知那群开外国车的家伙是多么傲慢，多么不知廉耻。我受够了他们。有钱了不起啊！凭什么拿鼻孔看人啊！看着那群人，我就会不由得思索，日本的战后复兴到底是为了什么。我们这代人没日没夜地工作，就是为了生产那种品行卑劣的人吗？那就是日本人构筑起的‘战后繁荣’吗？如果是，那我的人生究竟有什么意义？我岂不是白活了吗？”

“所以您就开始放火烧外国轿车了？”

“没错，所以我就开始纵火了——”乌森笑道，“嗨，你就当我是仇富呗。我就是仇富呀，没什么好反驳的。”

这是仇富，还是一种“疯狂”？志穗也无法判断。

乌森缓缓抬起头来，说道：

“你对我很和善，也很懂礼貌。所以我才愿意把真相告诉你。你啊，就拿我的证词去立功好了，这样也好让你母亲高兴高兴啊。”

“……”

“上周一吧……芝公园出现了一具无名女尸。我在报纸上看到了这条新闻。其实啊，女尸出现时，我就在现场，就是停电前不久，我瞥见了走进公园的人……”

志穗并不惊讶。

因为摄影机拍摄到了乌森在抛尸现场转悠的画面。

从时间看，与乌森擦肩而过的男人，应该就是高濑邦男。

高濑邦男离开小酒馆后，取道公园，走向自己的面包车。

就在这时，周围停电了。

片刻后，电来了。而长椅上多出了一具女尸——高濑邦男是这么告诉警方的。可他在撒谎。

因为初中生们说，他们把室井君子的尸体塞到了车底下。

不知为何，高濑邦男把尸体扶上了长椅。不知为何，他伸手掐了死者的颈部……

疑点太多了。

还有那由佳娃娃。

警方在高濑邦男的房间里搜出了由佳娃娃。可这些娃娃并不能解释他把由佳娃娃放在尸体旁边的原因。

总而言之——

室井君子死于安眠药中毒，高濑邦男并没有杀死她。

那他为什么要绑架第二名、第三名死者，并在她们的尸体旁边留下由佳娃娃呢？

没错。这究竟是为什么呢？本案的疑点实在太多。

高濑邦男已死，死无对证。

“哟，你好像还挺不以为然的嘛，”乌森苦笑道，“但我没说我只和‘一个男人’擦肩而过了哦。我见到的是两个男人。”

“啊？”

志穗半天没反应过来。两个男人？这话从何说起啊。志穗呆呆地望着乌森。

“嗯，我和两个男人擦肩而过了，他们是一起的。一个喝得很醉，另一个却很清醒。我还记得他们在聊什么呢。一个人说，‘我没醉’，另一个则回答，‘嗯，你没醉’。停电后，我也能听见他们的说话声。其中一个说道，‘停电了，等一会儿就好了’，另一个回答道，‘嗯，很快就亮了’。简直跟在说相声一样——”

“两个人……高濑邦男不是一个人吗……”

志穗喃喃道。

地动山摇。

那时，高濑邦男并不是一个人。还有一个男人在现场。那个人，究竟是谁？

“我为什么会记得这么清楚呢？因为我怕啊。高尔夫球袋里的汽油漏出来了，油罐的盖子松了。我想找个地方稍微擦一下，可就是没有合适的时机，只能一路扛着。所以我身上的汽油味还是挺重的。哦，我后来用酒精把球袋擦了一下，结果酒精味过了一个礼拜都没散，害得我被巡警盘问了一番——他还以为我是个醉汉呢。洒了那么多汽油，照理说还是会有些味道的——”

此人非常神经质。

他肯定用了大量的酒精。

乌森冷笑道：“其中一个男的喝醉了酒，也许闻不到汽油味。但另一个矮矮的男人呢？他没有喝醉啊，一闻就会闻出来。我甚至做好了被抓现行的思想准备。可他们都没有闻出汽油味，直接走进了公园。这到底是为什么呢？我也很纳闷。”

“那个矮个男人为什么没发现呢？”

“我猜啊，他的鼻子可能有些问题。否则怎么会闻不出来呢。那个矮个男人啊，肯定没有嗅觉。”

这时，拘留室的警官回来了。

乌森立刻不吱声了，继续闭目养神。

就跟紧闭的牡蛎一样，死也不开口。那纹丝不动的模样，不仅坚如磐石，更透着一股疯狂劲儿。

无可奈何之下，志穗只得说一句“再见”，扬长而去。

她忽然想起了一件事。

记忆，让她无暇分心。

志穗曾在“高濑便当”见过一个矮个男人。

他想将不新鲜的生菜装进冰箱，结果被作坊的大妈教训了一顿。

大妈感叹道，为什么男人总是闻不出食材的好坏呢——也许，那个矮个男人压根就没有嗅觉。

那人叫什么来着。大妈好像喊过他的名字。

志穗拼命回忆。

那个学生打工仔叫佐久间。而另一个男人……

她想起来了。

——对了！大妈管他叫“师傅”[①]来着……

志穗还以为，那是“厨师”的意思——

忽然，一切线索都串起来了。

她险些喊出声来。

——itasan，saitasan，齐田！

不可能！齐田丰次不是自杀了吗？自杀？对了，他留下了遗书啊！但没有人去认尸……“乐命庄”的老婆婆也只是听刑警说了一下案情罢了。

东京与横滨分属两个警区。横滨警方甚至没查出齐田丰次犯下了昭和五十一年的纵火案，他们也没有核对齐田丰次的指纹。遗体在无人认领的情况下被火化了。换言之，能证明死者是齐田丰次的，只有那一封遗书。

要是，乌森看见的矮个男人就是齐田丰次，那他和高濑邦男究竟是什么关系呢？

这个问题太好回答了。

高濑便当的大妈提起过高濑邦男的过往：他初中毕业后就来东京打拼了，可他所在的工厂莫名其妙关门了。怎么个莫名其妙法呢？自不用说，那家工厂就是遭了火灾的工厂。然后，高濑邦男就去昭和岛的配餐中心工作了，吃了不少苦。

---

① 原文为“板さん”（itasan），是对厨师的称呼，所以志穗误会了。

而宇野钲子也听亲戚说起过：工厂出火灾之后，他们想方设法，把员工安排去了大田区的配餐中心。

换言之，高濑邦男与齐田丰次本是工厂的同事。

志穗没有任何确凿的证据。她唯一的根据，便是模糊不清的记忆。

要是“高濑便当”没放假，她倒能打听出矮个男人的姓名。可时间太不凑巧了。来不及了。

可是……如果，志穗没猜错的话。

志穗凝视着半空。

高濑邦男的遗言，就有了截然不同的含义。

头号嫌疑人高濑邦男一死，志穗就把宇野钲子给忘了……

仔细想来，高濑邦男为什么要去钲子家呢?

她忽然担心起来。钲子不在家啊！

她赶忙给钲子打了个电话，但电话那头传来的是电话答录机的录音。她还是不在家。昨天志穗曾打电话去钲子的工作单位问过，可俱乐部也放暑假了。

志穗急了。

总而言之，先找找钲子吧。台风快来了，最好换一双走起来比较舒服的鞋，于是志穗就从警署的储物柜里翻出了一双胶底鞋。

“……”

志穗紧锁眉头。

鞋底上好像沾了什么东西。嗯？是木屑！是凯迪拉克轮胎上的木屑！为什么我的鞋底会有木屑呢？

志穗回忆起上一次穿这双鞋时去的地方。对了。就是去“高濑便当”的那天。她知道那天要走很多路，就换了这双跑鞋。那……

“啊！”

志穗喊道。

她的眼前，浮现出了昭和岛的“配餐中心”。

当时，“配餐中心”门口的草湿漉漉的，人行道上也有水。志穗曾在那附近走过。

志穗为什么没将高濑邦男工作过的“配餐中心”与她看到的那座“配餐中心”联系起来呢？因为她看见的配餐中心，已成废墟。

所以，她就把配餐中心赶出了脑海。

“昭和岛配餐中心”……

天色渐暗，风越来越大了。

关东地区，已进入台风的影响范围。

昭和岛

1

配餐中心。

此地荒废已久。

但屋里并没有断电，能开灯，也能使用能装下一整头牛的大型冷柜。这儿什么都有，就是没有空调。“配餐中心”成立于昭和五十一年。当年，空调还没有走进人们的工作单位。要是屋里有空调，那个女人（她叫什么名字来着……对了对了，茅野幸枝）也不至于因为热射病……

这儿都荒废多少年了？

听说大田区的第一座“配餐中心”，是昭和三十七年成立的。

当时恰逢战后经济复苏期，大田区的工厂也非常红火。每家工厂都缺人手。为了吸引到更多愿意住在工厂的劳动力，区政府就设立了一个个“配餐中心”。在配餐中心的全盛时期，他们每年有五百多万份订单。从这个数字也能看出，当年的大田区是何等繁荣。

然而，工厂区已是雄风不再。配餐中心的订单数量也日趋减少，到了最后，便关门大吉了。

昭和岛的“配餐中心”成立于昭和五十一年。当年，许多工厂从大田区搬到了昭和岛。可开业后不过三四年，它便因经营不善倒闭了。

大田区的工厂被“时代”玩弄于股掌之中。而“配餐中心”，就是历史的写照。

——那个家伙，也挺可怜的呢。

我忽然心想。

那家伙——高濑邦男。

宇野的工厂被大火烧毁之后，高濑邦男就来了这座“配餐中心”，可没过多久，他就再次失业了。不过他在“配餐中心”学到了做菜的技术，便靠着这门手艺，在餐饮业打拼了许久，好容易开了一家属于自己的便当店。

然而，“高濑便当”的生意也不好，随时可能倒闭。

那家伙苦苦挣扎的二十年，即将成为历史。

那家伙也好，我也好——

忽然，门口传来了些许声响。

是不是那人来了？我抬起头来。

不。

是风。

大概要下雨了吧。

风越来越大了。

很久很久以前，我还是个孩子。当时，我还能闻到风的味道。

凉凉的，湿漉漉的，但又很通透的，味道。

风的味道，依然在我的记忆中……

不。不是的。我已经忘却了味道的形状。我怎么可能记得呢。我心里，只有“我闻过味道”的记忆。

二十年来，我一直过着与味道无缘的生活。二十年，实在是太漫长了。我失去的，不仅仅是味道。

从梦中醒来时，被人呼唤时，我总会回忆起味道。有关味道的鲜明记忆，会在一瞬间，涌上心头。

我拼命追寻着这些味道，但味道转瞬即逝，留下的，唯有空虚的记忆。

我死过两次。

一次，是在横滨的黄金町。

我已经不记得那个男人的名字了。也许，他压根没把名字告诉我。也许吧。我们都住在同一家脏兮兮的小旅馆，睡在两个相邻的铺子上。他面黄肌瘦的，身无分文，但每天都要喝点烧酒。喝酒时的表情也很难看，就好像杯子里的东西是毒药一样。

不过他和我还挺合得来的。怎么说的，我们也没有什么共同话题，只是一起待着罢了。现在想来，我都不知道我们为什么要一起待着了。

“我想死啊，可是死不了啊”——这是他的口头禅。也许他是想让我问问他的身世吧，可我懒得问，干脆装作没听见。谁知，他竟用我的名字，留下了一封遗书，跳楼自杀了。

“我想死啊，可是死不了啊”——原来他是怕警方联系他的家里人。可他何必借别人的名字死呢。

我起初还挺气愤的，可转念一想，又觉得无所谓了。反正我跟活死人一样，他用我的名字又如何。

虽然我没有确认过，但……齐田丰次的户口上，应该有“死亡”二字吧。

其实我早就死了。

宇野老板是个好人。虽然他脾气有点急，但他心里藏不住事儿。只要每天晚上能喝杯啤酒，他就心满意足了。只要能抱着女儿，用胡子楂蹭两下，他就会喜上眉梢了。

他新娶的老婆年轻漂亮，非常性感，但我觉得她太不干净了，不太喜欢她。

高濑邦男跟我一样大，他居然勾搭上了老板娘，还跟我暗示了好几次。可我并不羡慕他。

我跟喜欢跟钲子玩。我记忆中的钲子，跟洋娃娃一样可爱。

像洋娃娃一样？不。钲子很喜欢由佳娃娃。可要我说啊，钲子比由佳娃娃可爱多了，我可一点儿都没夸张。

接到由佳娃娃的订单时，老板真的很开心。

他抱起钲子，笑着说道："我要让你过上由佳娃娃一样的生活！不，我要让你比由佳娃娃更幸福！"

谁知，结果竟会如此惨烈。老板会成天酗酒，也是在所难免。他开始接连在外过夜。就在这时，东窗事发。老板娘的婚外情暴露了。没想到她为了包庇高濑邦男，竟报出了我的名字。害得我被老板一顿拳打脚踢，而老板的脾气也愈发暴躁了。

老板娘也是一时心切。这么多年过去了，我不恨她。但我是真的心疼钲子。温柔的父亲变成了那副样子，小钲子该有多伤心啊。

那天，钲子问我："为什么由佳的爸爸总是不在家啊？"其实她问的不是由佳的爸爸，而是她自己的爸爸。

可我太蠢了，没听出她的弦外之意。我就说，由佳的爸爸太忙了，没空回家。那时，日本的父亲都是忙得不着家的，谁都觉得父亲忙工作是理所当然的。所以，我就这么跟钲子说了。

那……爸爸永远都不会回来吗？

当然不是啦。要是有地震，或是家里着了火，爸爸肯定会很担心，会立刻赶回来的。

我真是太蠢了，是我教唆了钲子，我可不觉得我替钲子顶了罪。老板和老板娘都死了，我总得负起相应的责任啊。我无怨无悔。只是……被抓起来之后，我就见不到钲子了。一想到这儿，我就难过得不得了。临别前，钲子送了我一个由佳娃娃。那可是我最珍视的宝贝啊。

2

我在那场火灾中失去了嗅觉。听说我的病叫“嗅觉障碍”。工厂里堆满了由佳娃娃的次品。软塑料燃烧时产生的毒气伤到了我的嗅觉神经，于是，我就再也闻不到味道了。

高濑逃得很快。可我担心钲子，拖了很久才逃离火场。

其实……我真的很喜欢抱钲子，很喜欢她身上那股稚嫩的味道。不，我就是喜欢身上没什么怪味的钲子。她就跟由佳娃娃一样。这话我从没跟别人说过。要是别人知道了，肯定会把我当变态看的。

我失去了嗅觉，也失去了关于钲子的味道的记忆。我为什么要说我死过两次呢？因为……失去了宝贵记忆的人，跟死人还有什么区别呢？

听说，高濑邦男在工厂倒闭之后也吃了不少苦。

两年前，我与他在街上偶遇。他老态龙钟，看上去完全不像是个三十多岁的男人。这一点让我很受打击。

老板娘把情妇的屎盆子扣在了我头上——高濑邦男一直对我心怀愧疚。我说，事情都过去那么多年了，我早就不记恨了。可他总说，是我的错，我就该把真相说出来的，是我太懦弱了。他跟我道了好几次歉。

高濑邦男还以为，我是为了泄愤才放的火。他认定，是他毁了我这一辈子。

于是他就把我“捡”了回去，就当是恕罪了。而我也不用风餐露宿了。挺好。

在公园与钲子重逢时，我真的好开心好开心。我总是很不走运，可这辈子只要走一次大运就够了啊。女大十八变，钲子出落得亭亭玉立。可仔细一看，她还是当年那个（跟由佳娃娃一样可爱的）钲子。

在家时也好，出门卖便当时也罢，我都会带着钲子给我的由佳娃娃，片刻不离身。人们总是笑话我，但……一直带在身边，也是有好处的。

要不是我一直带着它，我就没法把它还给钲子了。

钲子一脸迷茫。但她不可能忘记我，只怪她旁边有个男人，害得她不得不装出不认识我的样子。也是啊，要是让男朋友知道她小时候放火烧毁了父亲开的工厂，事情就麻烦了。所以她才会装作不认识我的吧。这不，她默默接下了我的娃娃。我问，“你住在哪儿啊？”她也老老实实回答我说——“就在东京铁塔附近。”

齐田在喃喃自语。

忽然，厨房的黑暗中，传来女人的声音。

“没错，而且我也来找你了呀。”

齐田抬起头来。凝视黑暗。

他半苦半笑，表情极其扭曲。

“由佳！”

3

风越来越大了。

漆黑的云层层叠叠，在夜空中奔腾。

随时都可能下雨。一下，便是滂沱大雨吧。

“昭和岛晚上没人的哎——”的哥不太敢把志穗撂在昭和岛，“而且快下雨了……你要是出了什么事儿，我可不负责哦……”

不等他说完，志穗便喊道：

“没事儿，我要办一件很重要的事，麻烦您联系一下这个电话号码！”

她冲下车，跑向昭和岛的入口。

天气差到了极点。

今天晚上，昭和岛连个警卫都没有。

昭和岛明明位于东京的中心，却是个彻头彻尾的无人岛。

而“由佳”，与苦苦追寻“由佳”长达两个年代的男人，就在这座岛上。

“配餐中心”里依然一片漆黑。

黑暗中，只能听见齐田的喃喃自语。

面包车停在三合土上。齐田坐在驾驶座，开着窗户，自言自语。

我每天都会登上东京铁塔，寻找钲子。钲子不可能骗我的。她说她住在东京铁塔附近，那我登上铁塔，就一定能找到她。我坚信，我一定能找到她的。反正我每天都要跟高濑去公园卖便当的，顺便去一趟东京铁塔再方便不过了。见我天天往东京铁塔跑，高濑也很纳闷。但我坚信，我总有一天会找到你的，由佳……

没错。我很坚定。可我迟迟没能找到钲子。我急了啊。一天，我跟高濑一起去喝酒（其实我几乎喝不了酒）。喝完后，我们穿过芝公园回到车边，却发现车底下有一具女尸。之前，公园里停电了，一片漆黑，可旁边突然起火了。接着火光，我便看到了那具尸体。我真是吓坏了。高濑说：“我去叫警察来，你在这儿等着！”说完，他便冲出了公园。就在这时，电来了。然后，我就发现了。在那具女尸旁边。钲子，我发现了，我还给你的，那个由佳娃娃。

我立刻明白了。这是你向我发出的信号。你在给我发暗号呢。难道不是吗？那个女人跟由佳娃娃一样，全身光溜溜的。还闪闪发光呢。世界上哪儿有这样的女人啊。她肯定是真人版的由佳娃娃。我起了一身鸡皮疙瘩。我决定接收你的信号，把女尸扶到长椅上，让她坐好，摆出跟由佳娃娃一样的姿势，还把娃娃放在她旁边。是不是很好笑啊。我心想，这个女人会不会跟老板做的由佳娃娃一样啊？她的头是不是也能拔下来啊？于是我就扭了扭她的脖子。不过我这么一搞，的确给高濑添了不少麻烦。他带着警察回来的时候，案发现场都不一样了呀。他肯定也吓了一跳吧。

（我没跟高濑说太多细节。我就说，我碰巧遇到了送我这个娃娃的人，也把娃娃还给她了。然后我又在公园里捡到了那个娃娃。我说，这一定是她发给我的暗号。可高濑的心态太差了。他居然说，这娃娃这么脏，肯定是人家扔掉的吧。不过我不怪他。他也吃了不少苦啊，心态好不起来也是理所当然的。）

之后啊，由佳，我依然每天去东京铁塔找你。结果我发现，大街上有很多长得像由佳娃娃的女人。我也想发个信号给你呀。所以我就像你做的那样，用由佳娃娃给你发信号了。

我最先找的是那个经常去游泳池的女人。我觉得她挺像生龙活虎版由佳的。所以我就把她绑了回去，做成了由佳娃娃。这座昭和岛啊，一到晚上就没人了。就算是白天，也不会有人接近这座“配餐中心”。可我的计划并不顺利。我不知道怎么搞才能把人的皮肤弄得那么光滑。于是我就把她关去了配餐中心里最热的地方。我心想，让她蒸蒸桑拿，流点汗，她大概就会变漂亮了吧。谁知她得了热射病，昏过去了，表情也越来越痛苦了。我忍无可忍——由佳娃娃怎么能露出那么痛苦的表情呢？于是我就在她还没清醒过来的时候，把她掐死了。

我虽然杀了她，但还没有完全放弃把她变成由佳娃娃的计划。我并不喜欢杀人。所以我就把她放进了冰箱，希望能把她加工得漂亮一点。可那几天东京停电了好几次。我的鼻子不好使啊。就算尸体腐烂了，我也闻不出来啊。可由佳是不会腐烂的呀。要是尸体腐烂了，那就不能用来做由佳娃娃了啊。于是啊，我就只能把那具尸体扔到了芝公园的小水池，心想这样就能延缓她的腐烂速度了。没想到我找错了泳池。我在东京铁塔上看到的是芝G泳池，不是区营的小泳池。对了，我之所以在她旁边放一个由佳娃娃，也是为了发信号给你哦。不知道你有没有看懂呢。

不，你肯定没看懂。因为那个由佳娃娃太次了。所以啊，由佳，所以你才没有回答我。于是啊，我就另外绑架了一个穿网球裙的女孩子。我把她带回了“配餐中心”。可我又失败了。因为她太吵了，我就伸手掐了她一下，没想到她真的被我掐死了。她也太脆弱了吧？真是难以置信。我心想，这次不能再失败了，就把她放进了冰箱。谁知没放多久，东京又停电了。虽然停电时间不长，应该没什么大问题，可……不怕一万，就怕万一啊。万一腐烂了怎么办。时间不够用啊。我只能把她的身子洗洗干净。我想把她打造成“开新车的由佳娃娃”，就从停车场偷了辆凯迪拉克回来。我怕尸体腐烂得太快，就把车里的冷气打开了。可我还是失败了。不，我没有失败。因为，因为，由佳，因为你联系我了啊……

话说回来，女孩子的心思可真难猜啊。她们平时戒心十足，可我一说“我们要收工了，最后一盒便当便宜卖给你吧”，她们就跟我来了。也许是因为我用的是便宜的便当吧。要是我真拿出钻戒衣服，她们倒不会相信了。嗨，她们经常路过芝公园的，也许她们见过我，知道我是卖便当的大叔……

“我可不想联系你。但我没办法啊。那个叫高濑的男人打电话给我了。他对我说：‘放火的明明是你，可怜齐田帮你顶了罪，一辈子都完了，可他对你还是那么死心塌地的。你快联系他吧。去配餐中心找他就行了。否则我就把你放火烧死父亲和继母的事儿抖出去——’”

“高濑他……”

“你把那件事告诉高濑了啊。太卑鄙了。一样顶罪，为什么不一直顶下去呢。再说了，我早就不记得那些事了。我为什么要因为一件我根本不记得的事情对你感恩戴德啊。”

“我……也许我告诉过高濑吧，但我也记不清了。可高濑也没有恶意的。他坚信，我这一辈子是他毁掉的。他心里一直有负罪感的。所以——”

“工厂被烧毁之后，我的伯母给高濑介绍了工作。高濑要是想找我，还不是轻而易举的吗。”

“高濑真是太蠢了。他没必要做这种事啊……”齐田陶醉地笑了，“我早就知道你住在哪儿了。因为，站在东京铁塔上，能看到你的房间啊。我只是在等你联系我啊。只要你联系我一下，我就会幸福死了啊。”

“你知道你做了些什么吗？我在火灾中失去了父母。我拼命打拼，才摆脱了贫穷的命运。可你呢？你疯了，你管我叫由佳。没错，我就是由佳。我跟由佳一样，拼命努力，我还做了很多不能说出来的苟且事。但我现在终于住上了漂亮的房间，也买了钢琴，还有了一个跟由佳的男朋友一样帅气的恋人。只要我能顺利跟他结婚，我就能住进由佳小屋那样的房子了，就能生一个跟由佳一样的孩子了，就能过上由佳的生活了。可你，把一切都毁了。”

“那样就好。那样就好。大家都想当由佳啊。大家都是这样的。大家都咬紧牙关，拼命打拼。昭和，不就是这样一个时代吗？无论男女，都是如此。可是……大家都没能成功。我也失败了。我打一开始就不可能成功。人们都说，‘时代’有一种独特的味道。可我闻不到啊。但你不一样。你一定能成功。因为你啊，钲子，才是真正的由佳啊——”

女子的人影一动。

她的手上，有个闪闪发光的东西。

就在这时，暗处的志穗蹿了出来。

“把刀扔了！”

她如此喊道。

拿着刀的钲子呆若木鸡。

“把刀扔了——”志穗重复了一遍，“杀了他又能怎么样！你就当你没放过火就是了！那都是二十多年前的事儿了，谁都不会翻旧账的！没人会破坏你的幸福！当年的你还是个孩子啊！你那时才八岁啊！”

钲子犹豫了。她看了看车里的齐田，又看了看志穗，咬紧下唇。

她终究还是扔下了手中的刀。

志穗冲向面包车。

原本开着的车窗，在不经意间关上了。

齐田趴在方向盘上，纹丝不动。

志穗脸色大变。

因为，副驾驶座的窗玻璃上，夹着一根橡胶管。管子的另一头，与排气管相接，引擎声不绝于耳。这辆车平时是用来运便当的，驾驶座与后排之间加了块隔板。尾气填满驾驶座，只是个时间问题。

“快开窗！快开窗啊！”

志穗高喊着，拼命拽门。

然而，门上锁了。志穗再拉，也是徒劳。她用拳头拼命捶打窗玻璃，可一个女人，怎么可能徒手把玻璃砸碎呢。她也不知道该如何让引擎停止运转。

志穗将脸贴上玻璃，喊道：

“齐田！齐田！”

齐田缓缓抬起头。

双唇微启。

从唇形看，他说的好像是——

什么味道都没有。

接着，齐田的头便倒在了方向盘上，再也没有动弹过一下。

下一部

5 味觉·撒旦之血

创美工厂出品

出 品 人：许　永
责任编辑：许宗华
特约编辑：梁　真　林园林　渠　诚
封面插图：高云鹤
书籍设计：梁　真
责任印制：梁建国　潘雪玲
发行总监：田峰峥

投稿信箱：cmsdbj@163.com
发　　行：北京创美汇品图书有限公司
发行热线：010-53017389　59799930

创美工厂
微信公众号

创美工厂
官方微博